AF281741

BORDERLINER-

GRENZGÄNGER

von

Regina Adu

Herstellung und Verlag: Books on Demand GmbH, Norderstedt
ISBN 10: 3-8334-6237-X
ISBN 13: 978-3-8334-6237-5

Ich wünsche mir Frieden,
Frieden für dieses Land,
Frieden für JEDERMANN.

ALL - SEITS - FRIEDEN.

Ob es das gibt?

Ich habe Hoffnung,
denn es gibt

KEIN FEINDLICHES KIND.

Ob es den lieben Gott gibt?
Also - manchmal ist es schwer zu verstehen, was vor sich geht.
Aber irgendwie gibt es ihn doch.
Ja - ganz bestimmt.

Es muß so sein.

Dies ist meine Geschichte:

Sommer, Sonne, Meer,
Paradies des weiten Blickes.
Schiffe am Horizont,
hier stehe ich.
Frieden,Frieden ewiglich.
Wärme,
Wind auf meiner Haut
hüllt mich ein,
sehnsüchtiger Blick in die Ferne,
angekommen nach Jahren endloser Reise
von Arbeitsplatz
zu Arbeitsplatz.

Bremerhaven,

doch der Frieden währte nicht lange,
es sollte alles ganz anders kommen...

Bremen,Samstag, 29.06.02

Es ist beim Umzug alles schiefgelaufen, was nur schiefgehen konnte. Die Firma
Elrondo kam zu spät, zu kleiner Wagen, nur drei Leute und das Schlimmste -
Ströhmender Regen.
Suche nach dem passenden Parkplatz, kein Wunder, Samstags ist alles zu Hause.
Geparkt wird wie die Weltmeister. Die Stühle, die ich am Vorabend mit dickem, papp-
gepressten Karton mit der Aufschrift: Umzug Samstag, ab 10.00 Uhr dort plaziert
hatte, standen brav an der Hecke gelehnt.
Nun gut, als es dann endlich 11.00 Uhr losging, war ich bereits genervt. Wohnungs-
übergabe 13.00 Uhr, die Nachmieter machten Stress. Ältere Leutchen, denen die
deutsche Pünktlichkeit über alles ging, schüttelten verständnislos den Kopf, was
wollten die eigentlich, den Wohnraum hatte ich schließlich noch bis 30.06. bezahlt!

Um 13.00 Uhr standen die Möbel im Regen, die Wohnung ordnungsgemäß ausge-
räumt. Der kleine Umzugswagen bereits überfüllt, warten auf einen zweiten Wagen.
Vertragsgemäß war der gößte Wagen vereinbart, ebenso fünf Leute, wofür gab es
eigentlich Verträge?
Meine Nerven lagen blank, Teppiche lagen auf der Eichenessecke, von den Polstern
tropfte das Wasser, ich kochte innerlich. Meine beiden Töchter, die jetzt dazu kamen,
eigentlich nur um mich abzuholen, halfen was das Zeug hielt, ohne ihre Hilfe wäre
das alles nicht zu schaffen gewesen.

Wir suchten den Wellensittich, ein Arbeiter hatte den Käfig in einen Karton gestellt und wußte nicht mehr wo. Später fand man ihn, das arme Tier war völlig verschreckt.
Wenn es nur nicht so geregnet hätte!
Um 14.00 uhr ging es dann endlich Richtung Bremerhaven, wir nahmen den Zug, was mich wunderte: Wir waren eher da als der Umzugswagen trotz der anschließenden Bus fahrt.

Man hieß uns nicht gerade willkommen. ein Nachbar erklärte uns bei der Ankunft, dass die alten Bäder nun erneuert würden, Baustelle in der Wohnung spätestens ab August...

Oh wie schön das Leben war!

Plastickboxen mit Unterlagen und Büchern landeten beim Transport im Dreck, Umzugs-kartons waren mittlerweile so aufgeweicht, dass auch hier nichts verschont blieb.
Als die Arbeiter endlich wegfuhren, war es 19.00 Uhr.
Meine große Tochter strich am Abend noch die Diele, verlegte den Teppichboden und besserte aus, während ich mich in der Küche zu schaffen machte.
Essen aus der Dose, schlafen auf Matratzen, doch das war uns egal. Das Gröbste war geschaft und das Leben ging weiter.

Lieber Gott, danke, dass du uns beschützt hast, ich weiß, du bist da, Dank sei dir.
Du bist immer da, auch wenn alles schiefgeht. Lass mich das Richtige tun, dann ist alles gut, dann ist Frieden im Herzen.

ALLES WIRD GUT.

Bremerhaven, Sonntag, den 30.06.02.

Wir haben geschlafen wie die Murmeltiere und sind völlig ausgepowert.Ich stehe auf und bahne mir einen Weg zwischen Kisten ins Bad, über die Letzte falle ich und lande mit dem Kinn auf eine dieser alten Zimmerschwellen. Warum nur hat man diese nicht längst entfernt?

Wie sich herausstellt, werden diese Schwellen zu Stolperfallen. Da es mir nun reicht, stelle ich die Dusche auf eiskalt, ich werde wach.
Am Frühstückstisch sagen wir kein Wort, wir haben die Nase voll. Meine große Tochter Isabel muß heute wieder nach Bremen, sie wohnt dort und hat ihren Ausbildungsplatz. Sie tut mir leid, das Wochenende ist für sie gelaufen, das wird eine harte Woche.
Als ich sie zur Bushaltestelle bringe, versuche ich sie zu trösten, meine Kleine, Rosa, jammert als ich Isabel dort verabschiede. Jetzt ist die Große weg, sonst haben sie sich stets zusammengehockt, trotz der zehn Jahre Altersunterschied. Doch uns blieb keine andere Wahl. Hier lockt der Arbeitsplatz, niedrige Miet- und Lebenshaltungskosten.

Alles soll besser werden, die Existenz sichern, ob die Politiker wissen, was so vor sich geht?Die haben es sich lange so gut gehen lassen,dass das Land jetzt vor der Pleite steht. Und wir?
Wir baden das ganze Dilemma aus. Kurz - ich bin heute zu nichts mehr fähig, nehme meine Kleine und gehe ins nahegelegene Hallenbad.
Wenn eines nicht davonläuft, dann ist es die Arbeit. Irgendwie beruhigend jetzt.

Mein erster Eindruck gestaltet sich hier als aufgeschlossen und positiv, Hafenstädte haben etwas : Nehmen was hereinkommt, das sich engagieren müssen. Ich bin hoffnungsvoll, obwohl die Erdgeschosswohnung direkt unter mir mit Karamba die Wohnungstür knallt, als wir heute früh das Haus verlassen. Niemand begrüßte uns, dabei sind wir uns beim Rauf- und Runtertragen x-mal begegnet, scheinen Türken oder sonst was zu sein. Die Frau, sehr korpulent mit schütterem Haar, ungepflegt, muss eine Deutsche sein, roch fürchterlich nach Schweiß. Nun ja, mal sehen, abwarten.

Gegen Abend richte ich noch das Arbeitszimmer und Schlafzimmer für einen reibungslosen Durchgang her. Etwas muss ich noch schaffen,ausserdem will ich mich wohlfühlen. Kartons, Plastickboxen bleiben noch stehen, ich weiß noch nicht wohin damit. Eigentlich müßten noch Ikearegale her, doch in der Kasse ist Ebbe.
Es fehlt noch der Ofen- und Waschmaschinenanschluss, das ist wichtiger. Die Fahrradreparaturen kamen auf 100 Euro, dafür sparen wir das tägliche Fahrgeld zur Schule und Arbeitsstelle. Jetzt muss ich haushalten.
Spät, gegen 22.00 Uhr spüle ich noch leise das Geschirr in der Küche, meine Kleine hilft, was das Zeug hält.
Lieber Gott, ich danke Dir, dass ich so tolle Kinder habe, beschütze uns. DANKE!

Bremerhaven, Montag, den 01.07.02

Ich bin wie durchgeknallt. Habe mit Rosa einen Marathon hinter mich gebracht.
Zuerst zur Meldestelle, als wir gegen 8.00 Uhr dort ankommen, sitzen schon fünfzehn
Leute dort, sind die alle umgezogen?
Ich spreche mit einer älteren Dame in der Information, klage ihr mein Leid, dass ich aufgrund des Umzuges einen Termin beim Arbeitsamt habe und pünktlich sein müsse.
Die schaffen das und sperren mir jetzt das Arbeitslosengeld. Sie ist reizend und läßt
mich durch eine Seitentür herein. Dann sitze ich gegenüber eines Sachbearbeiters, der
sofort meine Daten aufnimmt. Ich bin überaus freundlich, man weiß nie, schaden kann es
nicht.
Mir fällt ein Stein vom Herzen, als er mir dann noch den kürzesten Weg zur Wohngeldstelle
und zum Arbeitsamt erklärt. Dort hole ich mir im Eilverfahren einen Antrag und jage mit
Rosa Richtung Arbeitsamt. Meine Kleine ist ein Herz. Sie sagt nichts, erkennt die Stress-
situation und hält wacker durch. Erst als wir das Arbeitsamt schließlich verlassen, verlangt
sie nach einem Eis. Ich kaufe ihr ein ganz Großes, bringen noch unsere Anmeldung bei
der Krankenkasse hinter uns und stiefeln langsam heim. Die Stadt ist zu unruhig, also
schieben wir und versuchen uns ein wenig zu orientieren.

Als wir zu Hause ankommen, steht schon der Elektriker vor der Tür, klopft und schellt wie ein
Verrückter. Wo sind wir hier bloß? Er ist peinlich berührt, als er mich auf der Treppe sieht.
Ich sage nichts, öffne die Tür, als er sich sodann über die kleine Küche beschwert.
Nach zehn Minuten ist der Ofen angeschlossen. Als er geht, gebe ich ihm kein Trinkgeld.
35 Euro für einen so mickrigen Anschluss und dann das Gemeckere, das reicht mir.

Ich beeile mich mit dem Essen. Ravioli und Apfelmus, morgen werde ich wieder richtig
kochen, wir sind ausgezerrt und beeilen uns.
Der Waschmaschinenanschlussmensch ist pünktlich, schraubt lediglich die genormten
Anschlüsse fest und kassiert 20 Euro. Mein Gott, das hätte ich auch gekonnt! Aber ich
traue mir in diesen Dingen nichts zu, leider. Meine Mutter bastelte Bügeleisen und Toaster
zusammen, eigentlich naheliegend. Warum also sollte ich das nicht können? Ich weiß es
nicht.

Jetzt beim Abwasch stellt sich heraus, das das Wasser nicht abfließt, der ganze Abguss
kommt wieder hoch. auch das noch! Ich rufe den Notdienst des Hauswartes an, da ist
schon zu, nur ein Anrufbeantworter. Soll den nächsten Morgen wieder anrufen, also spülen
wir im Miniwaschbecken des Bedezimmers. Irgendwie reicht es mir!
Von unten dröhnen Stimmen hoch, wie: Du Idiot, Ruhe da oben. Ich bin irritiert, wen meinen
die?
Mir fällt auf, das das Haus sehr hellhörig ist, die alten Holzdielen und Schwellen arbeiten, bei
jeder Bewegung und geben bei jedem Schritt nach. Die Türkenfamilie neben uns ist sehr
laut, ich schätze drei bis fünf Kinder, ich weiß es nicht genau, gegessen wird da wohl erst
ab 23.00 Uhr. Balkone werdenin der Nacht mit altem Waschwasser aus Plastikschüsseln
geschrubbt, in denen Wäsche eingeweicht war. Das habe ich letzte Nacht bemerkt.
Eine paradoxe Umgebung.
Gepflegte Parkanlagen, alte Baumbestände strotzen im saftigen Grün. Die Fassaden der
drei-geschossigen Reihenmietshäuser und Terrakottabalkone sind top renoviert.
Aber, einfaches Volk, Abfälle werden achtlos auf Rasenflächen geworfen. Spritzenkanülen
unter dem Erdgeschossbalkon, schreiende Kinder, ein Widerspruch nagt den anderen.

Heute früh fiel mir auf, dass, als wir gegen 7.15 Uhr losfuhren, Pikker des Reinigungsdienstes der Allbau AG all den Unrat aufsammelte, der sich am Tag zuvor angesammelt hatte.
War das der Grund für die hohen Nebenkosten?
Das Telefon geht nicht, ich bin beunruhigt und weiß nicht, warum.
Fremde Stadt, fremde Leute, keine Freunde, in mir nagt ein unbefriedigtes Sicherheitsbedürfnis.

Lieber Gott, ich danke Dir, wir haben heute viel geschafft, nette Leute bei den Behörden, durch die wir viel Zeit gespart haben. Bitte gib uns weiterhin Kraft und Stärke, Amen.

Bremerhaven, Dienstag, den 02.07.02.

Es ist ruhig, die Luft gut, beim Einkaufen fällt mir auf, dass die Preise niedriger sind und habe Rosa, meiner Kleinen Sandalen gekauft. Gegen Mittag kommt der Rohrreiniger, das Abfluss-rohr scheint es in sich zu haben.
Als er mit seiner Spirale endlich den Durchbruch schafft, schießt eine Riesenfontäne bis unter die Küchendecke, alles ist versaut, außerdem stinkt es bestialisch. Unter uns wird wie verrückt gehämmert, ein Ruck geht durch die Wohnung, als der Klempner endlich geht.
Prost Mahlzeit! Wir haben ja auch gerade erst renoviert.

Um 15.45 Uhr steht auch der Telefonanschluss, das erlösende Freizeichen!
Vielleicht, denke ich, ist es möglich, nach gewisser Zeit des Eingewöhnens wieder zur Ruhe zu kommen, anstatt rastlos hin und herzurennen auf der Suche nach unerledigter Arbeit.
Ich wünsche mir nichts sehnlicher als Stille, den Frieden, das Glück und vor allem den Durch-blick.
Lieber Gott, wenn das Herz stimmt, dieses fundamentale aus Stein gebaute Haus, der Tempel, der mein Körper ist, dann ist die Seele gesund, dann bin ich gesund.
Wie ich mir das wünsche! Die letzten Wochen der Planung, der Arbeit, der Sorge um die Kinder und unserer Existenz. Danke für die Einsicht in das Leben, gesund zu bleiben, ohne Macht und materieller Gier. Ich muss noch viel lernen, Danke lieber Gott.

Am Abend treffen wir beim Spaziergang auf die örtliche Kirchengemeinde und schellen an.
Ein Pfarrer in den mittleren Jahren öffnet, stellt sich freundlich als Pfarrer Poppe vor und zeigt uns bereitwillig sein Parrhaus, die Kirche und angrenzenden Gemeinderäume.
Die Kirche erinnert mich an nordische Spitzhäuser, hellbraune massive Balken stützen das hohe monströse Dach. Trister schwarzer Steinfussboden, ein steingrauer massiver Altar mit glattgebohnerten Bänken, die nach Bienenwachs riechen.
An der Seite Glaswände, die Wärme und Licht hereinlassen, das angrenzende Gemeindehaus mit Tischen und Trockenblumensträußen zeugen von rührender, teilnahmsvoller Hilfe.

Der Pfarrer lädt mein Kind zum Gospelchor und mich zum Frauenkreis ein. Als ich ihm sage, dass ich ab 01.08.02 im entfernten Call-Center arbeite, stellt sich heraus, dass die erste Vor-sitzende der Gemeinde dort Teamleiterin ist.
Ich fange an, mich heimisch zu fühlen, meine Zukunft nimmt Gestalt an und ich schöpfe neuen Mut.
Auf dem Nachhauseweg machen wir noch einen kleinen Umweg und kaufen ein.
Mein Blick fällt auf einen gegenüberliegenden Neubau, ich sehe an der vorderen Front blaue Europasterne leuchten. Meine Neugierde läßt nicht locker und überquere die Straße.
Ich glaube es kaum! Hier ist ein Jugendzentrum, finanziert mit Mitteln der europäischen Union, ab Montag aufgrund der Ferien wieder geöffnet! Ich fange an zu jubeln, für mein Kind ist frei-zeitmäßig gesorgt, vielleicht findet sie hier Freunde , außerdem ist es in unmittelbarer Nähe.

Wir fangen an, Pläne zu schmieden. Mein Kind plappert was das Zeug hält, sie ist zart, aber äußerst lebhaft und neugierig, außerdem sensibel und liebenswert, sie hüpft und lacht und freut sich des Lebens.
Montags wäre also der Gospelchor, Dienstags der Spielkreis in der Gemeinde und die übrigen Nachmittage wäre Jugendzentrum ab 15.00 Uhr angesagt. Das passt gut, ich arbeite bis 14.00 Uhr während meine Tochter die Schule besucht, dann würden wir anschließend essen, Hausaufgaben und für mich vielleicht etwas Ruhe.
Das Leben kann schön sein!

Bremerhaven, Freitag, den 05.07.02.

Bin mit Rosa am Strand, aufatmen, schön ist es hier. Die letzten Tage hatte es geregnet, dann wird es problematisch. Meine Mieter im Erdgeschoss unter und neben mir sind laut. Es scheint, dass sie wissen, in welchem Raum ich mich befinde. Als ich im Bad war, gab es unter mir ein ohrenbetäubendes hohles Geräusch, dass es schien, es wolle bei mir herauskommen. Ich habe einen solchen Schreck bekommen, dass ich in Schweiß ausbrach.

Eine laute Stimme schrie etwas Unverständliches,, also entweder haben die da unten Stress oder wir sind unerwünscht. Neben mir wird etwas gegen die Wand geklatscht, hört sich an wie ein Menschenkörper, dumpf wie Speckschwarte.
Gegen 23.00 Uhr wird abends gegessen, Stimmenwirrwarr vieler kleiner Kinder, wobei jeder den Anderen zu übertönen versucht, begleitet vom Erwachsenengebrüll genervter Eltern.

Gegen 01.00 Uhr morgens tritt endlich Ruhe ein, na ja, irgendwann müssen die ja auch mal geschlafen.
Wie sollen wir das nur machen, wenn die Schule wieder beginnt, und ich arbeiten muss? Ich weiß es nicht.
Zur Zeit bin ich pleite, der Umzug hat uns gebeutelt und werde am 15.07.02 um Vorschusszahlung bitten müssen. Das letzte Geld bekam ich am 01.06.02, durch den Umzug gab es jetzt nichts, muss erst bearbeitet werden, sagte man uns. Wie stellen die sich das vor? Soll ich von der Luft leben? Rosas Unterhaltszahlungen sind abgelaufen, die gibt es nur 72 Monate, der Vater hockt im Ausland , ihm ist es egal, doch uns noch lange nicht.
Aber - es gibt auch Gutes!
Kein Gestank, kein Autolärm wie in Bremen. Wir haben Appetitt, frische Luft, das Meer und die Miete ist billiger. Die christliche Privatschule meiner Tochter ist bis zur 5. Klasse kostenfrei, Fahrgeld benötigt sie auch nicht. In Bremen zahlten wir 131,--Euro für Schule und Bus. Dafür ist das Schulgebäude bescheidener, ich hoffe nur, die Lehrer nicht auch...

Jetzt, wo bis auf das Arbeitszimmer alles ausgepackt ist, werde ich schon wieder unruhig. Ich will loslegen und meine hasten zu müssen, dabei sind Ferien auch meine Ferien. Urlaub war nicht drin, aber auch keine Arbeit vor dem 01.08.02, ebenso der Schulbeginn. Warum kann ich das nicht genießen, die Stadt kennenzulernen und bei meinem Kind zu sein?

Rosa sabbelt und sabbelt im Hintergrund, sie spannt mich ein, am Wasser ist sie dennoch abgelenkt, ich höre sie aus der Ferne, mir bleibt Zeit zum Nachdenken und Schreiben. Ich fühle mich hin- und hergerissen, der elfte Umzug , seit Jahren der Arbeit hinterher. Ob die in Berlin wissen, was so abgeht? Von wegen nicht flexibel. Die Ängste, die Unruhe schaffen, Zukunftsvisionen gibt es Keine, zufrieden sein mit JEDEM Job, Hauptsache kostendeckend
Ich fühle mich müde und hin- und hergerissen, die letzte Nacht war Lärm im Haus, ich bin unruhig.
Wir rücken zusammen, was hilft, ist Selbstvertrauen, Liebe und Achtung. Ich schaue mein Kind an und sage:" Wir schaffen das schon. " Als wir gehen, fühle ich mich besser verstanden. Die Sonne, das Licht, das Rauschen der Brandung gibt Zuversicht. Rauf und Runter, mal knisternd, mal lieblich, so ist das Leben. Es ist, wie es ist.
Lieber Gott, ich danke dir für die Einsicht. Ich spüre, dass du da bist. Ich hoffe nur, dass du mir auch im richtigen Moment sagst, was gut oder falsch ist. Amen.

Bremerhaven, Donnerstag, den 11.07.02.

Nach schlaflosen, entbehrungsreichen Nächten zum Arbeitsamt, die haben sich gnädig herab-
gelassen und den Vorschuss gezahlt. Was heißt schon Vorschuss? Die Akte aus Bremen
war eingetrudelt und das Junigeld konnte bearbeitet werden. Ich brauchte es dringend, der
Umzug hatte unsere mageren Ersparnisse aufgezerrt, die ich durch Putzjobs am Abend er-
kämpft hatte.
Jetzt muss ich wieder einteilen bis zum 30.07. , wer weiß schon, wann das Kindergeld bearbeitet wird. Ich bin froh, wenn es ab 01.08. wieder so richtig mit Arbeit losgeht, ich mag
das Behördengelaufe gar nicht. Es ist demütigend, wenn der Staat seine Bürger dazu bringt,
ständig Wohnorte zu wechseln und das an Jobs nehmen zu müssen, was gerade da ist.

Wir Frauen dürfen da schon gar nicht wählerisch sein! Hinzu kommt, dass auch die Schule
für Rosa wieder anfängt, und sicherlich auch wieder Vieles an Schulmaterial fällig wird.
Einteilen ist angesagt.
Ich habe meinen Noch-Ehegatten angerufen. Er lebt in Bremen, hat wieder das afrikanische
Leben gewählt und frage ihn, wie er über Scheidung denkt. Er sagt:" It is up to you."
Also ist es mal wieder up to me und ich reiche sie noch am selben Tag schriftlich bei meinem
Anwalt ein, der in Wilhelmshaven wohnt. Er ist der Einzige, auf den ich mich absolut verlas-
sen kann.

Ich wünsche mir, ich wäre mal ganz allein, nur für mich, Großreinemachen in aller Stille,
das ist nötig, sehr nötig. Den Müll raus aus dem Kopf, im Moment geht gar nichts, die neue
Situation, die stressige Hausatmosphäre, ich wage gar nicht, weiter nachzudenken.
Letzte Nacht war es so laut, dass meine Tochter zu mir kam. Neben ihrem Zimmer haben
Kinder mit Bällen gegen die Wand geworfen, ist das ein Squash-Park?
Ich werde etwas unternehmen müssen.
Friedlich, nur friedlich, nicht gleich das Klima vermiesen.

Ich gehe also ins Erdgeschoss, schelle an der Wohnungstür. Eine ungepflegte sehr überge-
wichtige Frau im Bademantel öffnet. Ich stelle mich kurz vor und bitte freundlich um Ruhe,
nach 22.00 Uhr und auch überhaupt, die Bodenerschütterungen und das Türengeknalle sei
kaum auszuhalten.
Sie schaut mich an und auch wieder nicht. Ich denk, dass sie vielleicht krank ist.
Ob sie Drogen nimmt? Oder anderes Zeug? Sie ist ohne Reaktion, bis sie dann sagt, dass
sie sich bessern wolle.
Ich verstehe das alles nicht und gehe wieder hoch.
Als ich die Wohnungstür schließe, wird derart gegen das Heizungsrohr im Bad gehämmert,
dass mein Herz vor Schreck stolpert. Rosa weint, sie hat Angst, ich auch.

Lieber Gott, gib mir Hoffnung, Zuversicht und Freude für den Tag. Ich weiß nicht, wie du das
anstellen willst, nur - lass alles gut werden.
ALLES WIRD GUT.

Bremerhaven, Freitag, den 13.07.02.

Ich halte das nicht mehr aus, Nachbarn unter mir, die verrückt spielen. Das Türenschlagen nimmt an Härte zu, als ich heute vom Einkaufen mit beiden Töchtern zurückkomme, finde ich eine voll urinierte Fußmatte vor meiner Wohnunstür vor, der Flur stinkt bestialisch. Ich werfe die Fußmatte in den Müll und reinige mit Sagrotan unser Podest, wofür zahle ich eigentlich die Hausreinigung?
Da es mir nun reicht, schreibe ich einen Brief an die Hausverwaltung:

Sehr geehrte Damen und Herren,

ich wohne seit dem 28.06.02 in o.g. Wohnung. Die Mieter Mohammed haben es sich seit unserem Einzug zum Hobby gemacht, Türen auch weit nach 22.00 Uhr derart zu schlagen, dass uns gestern unsere Deckenlampe herunterkam, ebenso wird unter dem Fussboden des Kinderzimmers mit einem harten Gegenstand geklopft, dass meine Tochter aus dem Schlaf gerissen wurde,Heizungsrohre werden auch bearbeitet.

Ich habe daher versucht, diesen Mietern klarumachen, dass nach 22.00 Uhr laut Mietvertrag, Hausordnung Ruhe einzuhalten ist, die Reaktion war, dass ich heute am 13.07.02 einen urinierten Fussboden vor meiner Wohnunstür vorfand, die Fussmatte konnte ich wegwerfen und den Flur mal wieder reinigen. Der Flur ist trotz Gebühren für die Flurreinigung total verdreckt, aber das ist das kleinste Übel.
Ich sehe in dieser Schikane eine Vertreibung von neuen Mietern, zumal wir hier erst eingezogen sind, wir kommen aus Bremen und sind hier völlig unbekannt.
Ich habe daher eine Kopie dieses Schreibens an unseren Rechtsanwalt gesandt, da ich hier unsere Sicherheit gefährdet sehe.
Noch etwas: Direkt neben mir wohnen Türken, die ihr Mitternachtsprogramm mit Geschrei durchziehen, bitte klären Sie auch das.
Ich frage mich, ob diese überhaupt die Mietverträge lesen könne, d. h. verstanden haben?!

Mit freundlichen Grüßen

Meine große Tochter, die heute früh zu Besuch aus Bremen kam, ist ganz still, Rosa auch. Es schmerzt mich mitansehen zu müssen, dass sie leiden - wegen mir leiden.
Ich bin fertig und versuche, meine Tränen zu unterdrücken, bis ich sage:
"Ich werde kämpfen, sie müssen wissen, dass ich nicht aufgebe."
Dann nehmen wir den Brief mit und meine Tochter lädt mich ein zum Essen und Kaffee.
Sie ist lieb, ein Sonnenschein, Rosa redet und redet, das ist ihre Art, damit fertig zu werden.
Am Abend tapsen wir auf leisen Füßen ins Bett.
Nicht auffallen, nicht stören.
Lieber Gott, bitte gib mir Kraft, es macht mir Angst, dass ich hier mit Rosa allein lebe und hier Niemanden kenne.Es ist schlimm, zum Glück wohnt meine Große nicht weit,bitte beschütze uns. DANKE, DANKE, DANKE.
Spät in der Nacht stehe ich auf. Düstere Vorahnungen machen sie breit, ich fange an, Protokoll zu schreiben.

NUR

Ruhestörung ab 22.00 eingetragen

Bremerhaven,
Samstag, den 13.07.02. 13.00 Uhr Finde einen urinierten Fußboden incl. Matte vor,
verlasse die Wohnung um 14.00 Uhr und komme erst spät
wieder.

Sonntag, den 14.07.02. Verlasse die Wohnung früh, ab 0.30 - 1.00 Uhr schwere Erschütterung-
en wie Schränkeknallen.

Montag, den 15.07.02 23.20 Uhr - 23.45 Uhr Türen und Fensterschlagen in kurzen Abständen

Dienstag, den 16.07.02 0.30 Uhr - 1.30 Uhr lautes Gegröle unter uns, neben uns Telespiele,
wie Kriegsspiele, unter uns wieder Türen- und Schrankschlagen.

Mittwoch, den 17.07.02 23.00 Uhr Türken Ötzka, so heißen sie, wahnsinnig, Gewaltausbrüche
lautes Geschrei von Kindern und Erwachsenen.

Bremerhaven, Donnerstag, den 8.07.02.

Ein Schrecken jagt den anderen, erst eine Diskussion mit den Stromwerken. Vorhin wäre
Rosa, meine Kleine, beim Einkaufen, fast zusammengeklappt, ob es zu heiß war?
Wir standen zuvor in einer ellenlangen Schlange, kaum zu glauben, bei vier Millionen Arbeits-
losen! Wir hatten Durst und waren kurz vor der Kasse, die angestaute Luft, der schlechte
Geruch von Menschen, all das muß zuviel gewesen sein.
Ich traute mich nicht, die Flasche vor dem Bezahlen zu öffnen, fast wäre Rosa hingeknallt.
Wie bescheuert man doch sein kann!
Die Kassiererin hielt teilnahmslos die Hand für das Geld auf, während ich nur schwer mein
Kind stützen konnte und ich laut auf sie einredete.
Eine Frau, die im Ausgang stand, reagierte schnell und half uns Beiden aus der Kasse heraus.
Sie öffnete sofort Eine ihrer Flaschen und hielt sie meiner Tochter an den Mund.
Ich schrie mein Kind an und sie trank, irgendwie trank sie, sie blieb wach.
Meine Beine waren wie Pudding.
Ob alles zuviel war, irgendwie kamen wir nach Hause während ich laut mit Rosa sprach.
Ich weiß bis heute nicht, wer diese Frau war, wie sie hieß und wo sie wohnte.
Später, als ich zu Hause war, fiel mir ein, dass ich mich gar nicht bedankt hatte.
Es tat mir unendlich leid, aber ich habe sie nie wiedergetroffen.

Solche Schätze sollte man eigentlich hüten...

Ich bin so verunsichert, wie man nur sein kann. Fehlt nur noch, dass wir hier krankwerden,
die Nachbarn routieren, wenn zuviel Bewegung in der Wohnung ist.
Lieber Gott, BITTE, beschütze uns, ich werde alles tun, dass uns nichts passiert und gut
vorbeugen. Vielleicht kommt meine Kleine jetzt auch in die Entwicklung, ich werde verstärkt
auf sie aufpassen. Lieber Gott, bitte beobachte du uns auch, ohne dich geht es nicht.
Amen.
Am Abend geht der Stress wieder los, dabei sind wir völlig fertig.
Ich schreibe ins Protokoll:
18.07.02
22.10 Uhr - 22.20 Uhr Türenschlagen, der Boden bebt.
22-30 Uhr - 23.00 Uhr lautes Gepiepse, Telespiele, laute Kinderhandys bei Ötzka neben mir.

Bremehaven, Freitag, den 19.07.02.

Ich fühle mich einsam und überfordert. Rosa hat sich wieder erholt und ist jetzt im Jugendzentrum, war so unruhig, dass ich sie dorthin brachte.
Nadja, die Betreuerin meinte, sie könne auch alleine kommen und wieder gehen. Also erläutere ich unsere Situation und schäme mich ein wenig, warum weiß ich nicht.
Sind wir jetzt asozial, weil wir in einer Chaossiedlung leben? Dazu kommt, dass wir Niemen-
den kennen, aber auch nicht so ohne Weiteres hier weg können, selbst wenn es einen bes-
seren Ort gäbe. Die finanzielle Situation ist zur Zeit alles andere als rosig.
Ich habe eingekauft, das muss reichen bis übernächste Woche, und dann geht es auch schon
ans Eingemachte, dem Sparbuch, nur für eiserne Zeiten...
Sicherlich könnte ich meine alten Putzstellen in Bremen wahrnehmen, noch habe ich sie
nicht abgesagt. Aber was mache ich mit Rosa? Allein in Bremerhaven lassen?Am Abend
hätte ich keine Ruhe, es würde sehr spät werden und dann in diesem Haus. Außerdem hat
mich der Kreislaufvorfall mit ihr sehr verunsichert. Hinzu kämen die Fahrtkosten, letztendlich
kein großer Gewinn. Nein, ich lasse es.Außerdem hatte ich mir geschworen, NIE WIEDER
diesen Dreck wegzumachen. Ich werde nie vergessen,als ich dort ein blutverschmierts Zimmer vorfand, das Kind hatte in der Nacht zuvor Nasenbluten gehabt. Man hat einfach alles
mir überlassen, zwei Stunden nur für das große Haus und die Bügelwäsche. Das, was ich
für das Haus bekam, hätten sie schon für die Wäsche zahlen müssen.
Diese wiederliche Arbeit schmälert die Selbstachtung, ich habe mich so geekelt und geschworen, NIE WIEDER!
Ich werde schon klarkommen.
Es wird gehen, es muss gehen.
Ich schreibe weitere Bewerbungen, man weiß ja nie wie der neue Job ab 01.08. so ist, ruck
zuck ist man wieder raus. Mein Sicherheitsbedürfnis läuft auf Hochtouren, es beruhigt mich,
als ich dann noch am Abend telefonisch Inserate aufgebe. Die Post nehme ich mit, als ich
mein Kind abhole, es geht ihr gut.
Als sie in meinem Bett liegt, gehe ich ins Arbeitszimmer um mein Fernstudium, den einzigen
Luxus, fortzusetzen. Da dort nur Ikea-Seegras liegt und die Holzdielen knatschen , wird unter
mir kräftig gegen die Über-Putz-Heizungsrohre geschlagen. Ein hohles, ohrenbetäubendes
Geräusch, mein Herz jagt.
Ich komme nicht zur Ruhe, habe mich durch den Stress der letzten Tage sehr vernachlässigt.
Keine Stille, keine Meditation, keine innere Reinigung.
Lieber Gott, bitte hilf uns, bring mich in die richtige Wahrnehmungsebene um zu verstehen,
was sie tun und vor allem, was ich tun SOLL. DANKE für deinen Schutz, vergiss uns nicht.
Amen.

Ich schreibe weiter ins Protokoll:

22.30 Uhr - 23.30 Uhr lautes Türen und Möbelknallen.

Sonntag, den 20.07.02
Rosa spielt gegen 16.15 Uhr 20 Minuten Flöte, danach 20 Minuten Gehämmer.

22.20 Uhr - 01.30 Uhr Heizkörperschlagen, Türen- und Fensterschlagen
0.15 Uhr Balkon bei Ötzka neben mir wird synchron geschrubbt, Kindergeschrei.
anschließend bis 02.00 Uhr morgens lautstarke Diskussionen.

Bremerhaven, Montag, den 22.07.02.

Meine Hosen rutschen, als hätte ich Tage nichts gegessen, meine Energie ist wie aufgezerrt. Jetzt geht es ans Depotfett, außerdem bin ich durch die Unruhe unendlich müde und genervt. Mein Hauswart, Hr. Müller, kommt völlig unangemeldet gegen 10. Uhr. Ich stehe da in T-Shirt und Leggings, ist mir peinlich. Ihm anscheinend gar nicht, er klopft wie ein Wilder gegen die Wohnungstür als sei dies die selbstverständlichste Sache der Welt.
Wo leben wir hier eigentlich? Ist das hier der Ausnahme - oder Normalzustand?, frage ich mich.

Er wolle wissen, was hier los sei. Ich ja eigentlich auch, erkläre ich ihm.
Ich denke, ich bin im Verhör. Der kleine, unsympathische Mann mit aufgekrempelten Hemdsärmeln macht in seinem straffen Ton einen auf Wichtig.
Ich erzähle ihm nüchtern die ganze Geschichte. Er sieht mich nicht an.
Er guckt auf den Boden und ich denke, er hat sie nicht alle. Ob es ihn überhaupt interessiert? Er macht einige abweisende Bemerkungen. Familie Mohammed seien gute Mieter und vor allem - integriert. Ich sage ihm, dass mein Wellensittich, der erst ein Jahr jung sei, besser integriert sei.
Es reicht ihm schon, als ich auf die defekten Türklinken hinweise, die Türen seien nicht mehr zu schließen, ob es wohl zuvor mit der Vormieterin in punktum Türenschlagen ein Wettrennen gegen habe?" Nein", platzt es aus ihm heraus, lediglich die Türscheibe sei mal erneuert worden - "Aha", sage ich. Da wird er sauer, so kommt alles raus.
Als ich ihn beim Verlassen der Wohnung auf den fehlenden Türspion und den offenen Briefschlitz aufmerksam mache, ist er ganz sauer, bemerkt dies mit einem verständnislosen Kopfschütteln und geht.

Gegen Mittag bekomme ich Unterleibsschmerzen. Ich weiß nicht, was los ist und suche eine Gynäkologin in der Innenstadt auf. Ein Ärztehaus, das mir im Columbuscenter beim Einkaufen aufgefallen war. Sie macht Ultraschall und kann nichts finden. Sie verweist an einen Internisten, das müsse am Darm liegen. Darm denke ich, was soll der Scheiß? Also gehe ich zu meiner Beruhigung hin. Ein Ärztehaus that was, alles unter einem Dach.
Ein ruhige Frau mittleren Alters untersucht mich freundlich und sorgfältig, macht eine Blutsenkung und - kann nichts feststellen.
Bis sie mich fragt, ob ich Stress hätte. Ruhe, Wärme und viel Trinken empfiehlt sie.
Konnte das der Gynäkologin nicht auch einfallen?
Für heute reicht es mir und muss los, Rosa abholen, ich hatte sie im Jugendzentrum zuvor abgeliefert. Zum Glück bin ich schneller als der Bus und schaffe es pünktlich bei ihr zu sein. Nassgeschwitzt. Also, wenn das so weitergeht - Prost Mahlzeit!

Am Nachmittag spielt Rosa Flöte, es dauert keine fünf Minuten, als sofortiges Heizkörperschlagen und Hämmern beginnt. Man könnte meinen, wir haben eine Baustelle unter uns.
Die müssen komplett durchgeknallt sein, denke ich.
Lieber Gott, Bitte, jetzt keinen Lärm mehr. Ich bin so müde. BITTE,BITTE bleib bei uns. DANKE!
Gegen 23.00 Uhr bei Yildrims über uns großes Geschrei.
23.10 Uhr - Fam. Mohammed unter uns schlagen gegen Heizkörper und Fensterschlagen.
23.30 Uhr - Türenschlagen und lautes Geschrei unter uns.
Gegen 01.00 Uhr wird es ruhig. Morgen werde ich zur Apotheke gehen und etwas zur Beruhigung holen, Johanniskraut soll helfen, oder soll ich besser den Arzt fragen? Ich MUSS etwas tun, sonst werde ich verrückt. Ich halte das nicht mehr lange aus. Amen.

Bremerhaven, Dienstag, den 23.07.02.

Der liebe Got hat uns verlassen. Ich wache gegen 03.48 Uhr auf, als ein Ruck durch unser Schlafzimmer geht. Ich denke, es ist ein Erdbeben und dann doch wieder nicht.
Türenknallen und Heizungsrohreschlagen folgen.
Die Nacht ist vorbei, mein Kind weint und ich auch. Irgendwann schlafen wir wieder eng umschlungen ein, völlig genervt stehen wir auf und verlassen die Wohnung.
Wir fahren Richtung Strand und frühstücken mit Thermosflasche im alten Holzhafen.
Schön ist es hier, Wasserfontänen geben durch den leisen Wind Nebelschwaden von sich, Enten schwimen friedlich, während ältere Rentner auf Parkbänken sitzen und friedlich schwatzen. Einige spielen Schach mit Riesenfiguren, wir Beide sitzen verstört und wissen nicht wohin.
Als wir gegen 14.00 Uhr heimkommen empfängt uns in der Wohnung full power Rap-Musik.
Unter uns wird die Anlage derart aufgedreht, dass die drei Räume, wie Schlaf-Kinder- und Arbeitsraum nicht zu nutzen sind.
Wir flüchten ins Wohnzimmer, irgendwo müssen die das ja auch aushalten, denke ich und koche uns schnell etwas zu essen in der angrenzenden Küche. Wir halten das aber dann nicht lange aus und fahren zum Meer.
Jedesmal, wenn wir die Treppe zum Erdgeschoss benutzen, vorbei an Mohammeds Tür wird diese aufgerissen und wi verrückt zugeschlagen, Angst-Terror macht sich breit.
Es funktioniert.
Das Meer wird unsere Zuflucht, es lehrt uns Beruhigung, Abstand und gibt Kraft.
Es ist ein Glück für uns, so eine Zuflucht zu haben.
Und doch möchte ich mal wieder angstfrei sein und schlafen, und frage mich, was die Jugend-herberge wohl kostet? Doch meine Haushaltskasse verliert dann diesen Gedanken wieder schnelll.
Unsere Wohnungssituation ist ein großes Unglück, das wird mir jetzt klar.
Lieber Gott, Bitte, lass ein Wunder geschehen, Amen.

Etwas Positives gibt es dennoch: Der Kindergedantrag wurde bearbeitet, der Bescheid ist da, bekommen jetzt ab 01.08.02 Kindergeld, eine Beruhigung angesichts der knappen Mittel.
Ich fange wieder an, verstärkt zu schreiben und schreibe, um mich zu retten. Mein Kind tut dies auch, ich ermuntere sie dazu, Tagebuch zu führen. Dampf abzulassen, Papier ist ge-duldig. Es soll ja vorkommen, dass man Lösungen findet, Help yourself ist angesagt.
Das Überlebenstraining beginnt.
Spät am Abend hole ich die Polizei. Wir haben jegliche Hoffnung und den Mut verloren.
Jetzt wird derart unter dem Fußboden des Kinderzimmers geschlagen, dass ich denke, Rosa stirbt vor Schreck. Sie hat so geschrien, dass es mir Angst machte..
Es dauert keine 10 Minuten, als der Polizeiwagen kommt. Zwei Beamte betreten meine Wohnung. Mein Kind und ich sind am heulen, mit den Nerven fertig.
Ich erzähle ihnen unseren Lebenslauf der letzten Wochen. Sie können es beide nicht verstehen, dass wir hier leben, wir auch nicht.
Der Hard-Core Beamte sagt, dass die sich nie ändern, das habe die Erfahrung gezeigt, währen der Smooth-Typ von Beiden mir rät, mich dringend mit dem Kontaktpolizisten in Verbindung zu setzen gibt mir die Telefon-Nr.
Als die Beamten im Erdgeschoss bei Mohammeds anschellen, öffnet Niemand.
Und als die Streife den Parkplatz verläßt geht der Stress von Neuem los. Ich hole die Poli-zei erneut und wieder wird nicht geöffnet. Es ist mucksmäuschenstill...

Bremerhaven, Mittwoch, den 24.07.02

Ich rufe morgens gegen 8.00 Uhr den Kontaktpolizisten, Hr. Fischer, an.
Er kommt noch am selben Nachmittag und kennt dieses Revier, wie er
sagt, seit drei Jahren. Ein stattlicher, gepflegter und ruhiger Mann in den
besten Jahren, so um die 40 schätze ich.
Er sitzt in meinem bescheidenen Wohnzimmer, will nichts zu trinken und
hört sich geduldig, verständnisvoll nickend meine Sorgengeschichte an.

Wir reden dann über das Leben, Gott und die Welt und ich denke, er könnte
auch ein Pfarrer sein, bis er sagt, das man Niemanden ändert, auch das
Völkchen in diesem Viertel nicht. Er scheint mit sehr routiniert mit einer
Standfestigkeit, die mir Ruhe bereitet.
Als er beim Hinausgehen sagt, dass er sich mit der Allbau AG in Verbindung setzt, bin ich der glücklichste Mensch der Welt. Er versteht nicht,
warum man mich hierher plaziert hat. Nicht alle Häuser seien so, aber
das sei eindeutig der falsche Eingang. Außerdem - die türkischen Lands-
leute seien gut organisiert, Hr. Mohammed Vorsitzender des arabischen
Kulturvereins, Übersetzerdienst bei Behörden und nicht unbekannt.

Trotzdem - ich fühle mich besser, was der Pfarrer bisher nicht geschafft
hat, ich fühle mich verstanden und nicht mehr so isoliert.

Lieber Gott, ich danke Dir für den Schutzengel, Danke, Danke, Danke.

Da ich nicht alles dem Polizisten allein überlassen will, schließlich ist es
mein Problem, schreibe ich einen Brief an die Allbau AG, die sich bisher
nicht gemeldet hat:

Sehr geehrte Damen und Herren,

ergänzend zu meinem letzten Schreiben teile ich Ihnen mit, dass wir gestern
wegen der erheblichen Ruhestörung die Polizei um 22.40 Uhr hinzugezogen
haben, da es keine andere Lösung gab.(Mieter Mohammed)

Nachdem ich ein Gespräch mit den Beamten hatte und diese das Haus dann
verließen, meinten Mohammeds, das SPIEL fortsetzen zu können, was dazu führte, dass ich nach kurzer Zeit wieder die Polizei einschalten mußte.

Als diese kam, wurde die Tür wieder nicht geöffnet, bis ich später Stimmen
der Beamten hörte. Es wurde nur noch mit Mohammeds geredet.
Der örtliche Kontaktpolizist wurde mit auf den Rat der Polizei zur Verfügung
gestellt, habe bereits Verbindung aufgenommen.

Generell habe ich nichts gegen die Allbau AG, verstehen Sie mich da nicht
falsch, aber mit wurde dieser Ort als ein gutes Viertel mit altem Bestand ange-
priesen. Jetzt wurde mit seitens der Beamten erklärt, dass dies zu den schlimmsten Gegenden Bremerhavens zählt...
Ich habe in diesen Umzug ca. 2000 Euro investiert, nun stelle ich fest, dass ich
hier unmöglich bleiben kann, die momentane Ruhe ist nur eine Zeitbombe...
Garantiert regelmässige Mietzahlung seitens der Mieter völlige Narrenfreiheit?

Hr. Tetzlaff, ihr Hauswart, hat mich überraschend am 22.07.02 morgens aufgesucht, er teilte mir mit, dass er mit der Fam. Mohammed aber erst später reden wolle, Vielleicht hätten wir bei sofortiger Reaktion auch aus ihrem Hause diesen Vorfall vermeiden können, oder glauben Sie, dass eine Anzeige mir Ruhe auf ewiglich garantiert?

Ich habe den Hauswart gebeten, mir meinen Briefschlitz, der in meiner Wohnungstür ist, zuzunageln, ich hatte diesen zugeklebt. Leider fehlt auch der Spion in der Wohnunstür. Seit mir vor die Wohnungstür uriniert wurde, ist mir klar, dass es weder Respekt noch Achtung seitens der Fam. Mohammed gibt, ich halte diese für gefährlich.

Denn als ich gestern abend dort anschellte, um die Polizei kein 2. Mal kommenzulassen, wurde ich mit gewaltbereiter Geste seitens des Sohnes derart angefahren, das ich nun keine Aussicht auf Besserung sehe. Die Mutter, also Fr. Mohammed gab in zahnlosem Kauderwelsch ihr Übriges. Sie hielt beide Fäuste hoch und schrie: "Wehe, Sie zeigen uns an!"

Mittlerweile verstehe ich auch den hohen Leerstand in den Wohnblöcken, eigentlich schade, da es doch eine gepflegte Wohnanlage ist, doch der Schein trügt.

Was ich mit meiner schlimmen Wohnsituation mache, ich habe nebenbei noch ein 9-jähriges Mädchen, die alles mitbekommt.

Was ich nun machen soll, hängt nicht ohne Weiteres auch von Ihnen ab, ich muss Ihnen nicht sagen, dass wir in einer gefährlichen Situation stecken, die Türken hier sind sich einig und stärker als ich.

Mit freundlichen Grüßen

Ich nehme diesen Brief mit, hole mein Kind vom Jugendzentrum ab. Sie erzählt mir, das der Polizist mit ihr gesprochen hätte, er sei sehr nett gewesen.

Mir ist das recht, soll er, dann weiß er, was wir durchmachen.

Was ich nicht fassen kann, es bleibt den Tag ruhig.

Ich beginne Mut zu schöpfen, vielleicht findet sich ja eine Lösung...

Auch in der Nacht können wir schlafen, unglaublich!

Bremerhaven, Donnerstag, den 25.07.02.

Wir können es nicht fassen, unter uns ist eine eigentümliche Stille, fast unheimlich.
Ob die weggefahren sind?
Oder ist es die Ruhe vor dem nächsten Sturm?
Meine Tochter, die dieser Stille nicht traut, fragt:
"Mama, was erwartet uns als Nächstes?"

Ich sage ihr, dass vielleicht alles gut wird.
Sicherlich wird alles gut.
Ich bekomme Angst und weiß nicht, warum.
DAS LAUTESTE SCHWEIGEN IST DAS, WAS SCHON GESAGT WURDE, denke ich

und stehe neben mir und antworte ihr nur noch kurz.

Doch mein Kind kennt mich, sie weicht keinen Schritt mehr von meiner Seite.

Allmählich beginnt mir, die Sache über den Kopf zu wachsen.

Wir entfernen uns aus dem Spannungsfeld und finden unsere Zuflucht wieder am Meer.
Lieber Gott, BITTE BESCHÜTZE UNS. DANKE, DANKE, DANKE.

Und wieder können wir schlafen, doch wir schlafen nicht.
Nicht wirklich.
Immer wieder wache ich auf und horche, horche.
Doch ich höre nichts.
Irgentwas stimmt nicht.
Doch was, ich weiß es nicht.

Ich weiß gar nichts.

NICHTS.

Bremerhaven, Freitag, den 26.07.02.

Etwas scheint in Bewegung zu kommen, ich weiß nur nicht was.
Hr. Fischer, der Dorfpolizist, ruft mich an und sagt, dass ich mit Fr. Gatermann,der Allbau AG
Kontkt aufnehmen soll. Ich müsse nur nach einer vergleichbaren Wohnung fragen, und um Er-
stattung der Kosten BITTEN.
Ich werde sauer, wieso muss ich gehen?
Warum nicht der Verursacher?
Wieder alles zusammenpacken? Ich bin körperlich und psychisch derart ausgepowert, dass
ich jetzt eine Lawine auf mich zukommen sehe.
Alles bleibt an mir hängen, was ist das für ein Land, in dem ich fliehen muss? Das Unfass-
bahre ist, dass ich dafür noch BITTEN muss. Ohnmacht und Hilflosigkeit breiten sich in mir
aus wie einGeschwür.
Ich stehe allein da und bin völlig überfordert. Eine innere Verweigerung macht sich breit,
ein Schutzmechanismus, der meine körperlichen Kräfte zum Maßhalten zwingt.
ICH KANN NICHT MEHR.

Gegen 16.15 Uhr fällt mir ein Glas herunter. Danach erfolgt ein sofortiges Heizkörperschlagen und Möbelknallen, bei jedem kleinen Geräusch zeigen mir nun wieder mein netter
Nachbar, dass er mich nicht vergessen hat.

Er kennt sich gut aus in Sachen Terror, ob er seine Frau auch so geschafft hat?
Nie werde ich diesen geistesabwesenden Blick vergessen als ich sie das erste Mal sah,
sie war da und doch nicht da.

Gegen 21.00 Uhr holen wir den Elektriker Notdienst, denn Familie Yildrim über uns ist jetzt
ebenfalls eingespannt. Aufgrund starker Deckenerschütterungen ist uns unsere Lampe im
Wohnzimmer abgestürzt, war zum Glück nur aus Reispapier, sonst wäre der Glastisch
zersprungen. Funken sprühten aus dem Deckenkabel, kurz darauf ein Kurzschluss.
Als ich zum Sicherungskasten gehe und die Sicherung eindrücken will, sprühen auch hier
die Funken heraus.
Totaler Stromausfall, der Elektriker kommt sofort, sintflutliche Zustände meint er, als er
notdürftig das Kabel absichert. Er verläßt kopfschüttelnd die Wohnung
Mir fällt auf, dass meine Besucher IMMER kopfschüttelnd die Wohnung verlassen...
Gegen 23.00 Uhr gibt es unter und über mir lautstarke Diskussionen und Geschrei, irgend-
etwas war nicht planmäßig , nun ja, ein Elektriker als Zeuge , das kommt nicht gut.

Ich frage mich, wie ich mein Leben nun fortsetzen soll. Montag und Dienstag ist für mich
Probearbeiten in der neuen Firma angesagt, hoffentlich bin ich halbwegs fit. Es macht mir
nun erstmals Angst, dass ich eventuell den Anforderungen nicht gewachsen bin.
ICH MUSS ES SCHAFFEN, deswegen bin ich hier, wegen der Arbeitsstelle . Ich brauche
meine Arbeit, sie ist wichtig für mich, nicht nur existentiell, auch gibt sie mir Kraft und Selbstvertrauen.

Lieber Gott, BITTE lass alles gut gehen, beschütze uns, beschütze uns, beschütze uns.

Ich schreibe in mein Protokoll:

Bremerhaven, Samstag, den 27.07.02

22.30 Uhr Möbelknallen bei Mohammeds, dann startet anschließen eine Fete bei Söffke schräg über uns. Das Heidentheater geht bis 2.30 Uhr morgens. Nachbarn besuchen sich, Kinder laufen unbeaufsichtigt schreiend rauf und runter durch den Flur.
Ich denke, dass es im Asylantenheim nicht schlimmer sein kann.

Sonntag, den 28.07.02

10.45 Uhr lautes Hämmern und Schlagen, ich reinige mein Flurpodest vom Müll der letzten Nacht, Erwachsene und Kinder haben ihre Spuren hinterlassen, Gestank von Alkoholresten und undefinierbarem Gekochten.
Ab dann setzt die Stereoanlage vom Sohn Mohammeds pull power ein.
Wir flüchten wieder ans Meer, zum Glück ist Sommer...

Ab 20.00 Uhr wieder planmäßig Türenknallen unter uns. Fam. Ötzka neben uns macht auch mit, lautes Geschrei, Fernseher dröhnen aus geöffneten Fenstern, schreiende Kinder auf Balkonen. Gegen Mitternacht wird es ruhiger.

Montag, den 29.07.02,

Ich stehe gegen 8.30 Uhr auf, mache uns leise fertig.Dann fahre ich mit meiner Tochter ins örtliche Bistro zum frühstücken, zu Hause fällt mir das essen immer schwerer.Mein Magen krampft sich zusammen wenn ich das ängstliche Gesicht meiner Kleinen sehe, auch sie ist belastet.
Ich bringe sie zum Jugendzentrum gegen 10.00 Uhr und fahre zum Probearbeiten.
Alles klappt gut, nette Leute, die Arbeit weit unter meinen Anforderungen. Das hat man schnell heraus, ich gebe neue Impulse und bin zufrieden.
Ich hetze dann wie verrückt zurück um mein Kind planmäßig abzuholen, es geht ihr gut, man hat bei dieser Hitze eine Hüpfburg aufgestellt mit Planschbecke und Wasserschlauch..
Sie will hier bleiben. Also bleiben wir und gehen abends Pommes essen.

Gegen 22.00 Uhr geht über und unter uns das Wäschewaschen los, bis 23.30 Uhr rattert die Schleuder, es ist nicht zu fassen. Hitzige Diskussionen bis in die Nacht.

Mein Kind schläft jetzt bei mir, so bin ich bei ihr.
Was Rosa nicht weiß, ich schlafe schon lange nicht mehr.

Bremerhaven, Dienstag, den 30.07.02

Ich fahre morgens mit Rosa wieder los, wieder frühstücken im Bistro, mittlerweile kennt man uns und fragt wo wir wohnen. Ich mag es gar nicht sagen, die Bedienung versteht und geht . Als wir das Bistro verlassen, schenkt sie meiner Tochter einen Lolly und Kaugummi. Das Gefühl bemitleidet zu werden beschämt mich.

Wieder gebe ich mein Kind im Jugendzentrum ab, dem Himmel sei Dank, dass es so etwas gibt, dazu kostenfrei!
Eigentlich hätte sie auch zu Hause bleiben können, so war es geplant, aber wer konnte diese Wohnkatastrophe ahnen?
Auch mein zweiter Probearbeitstag klappt gut, als ich dann noch drei Aquisetermine herausschlage bin ich glücklich. Ab morgen geht die Abeit los, der Job ist sicher und ich bekomme meinen Arbeitsvertrag. Die Bezahlung schreit zum Himmel, der Festlohn so niedrig, dass ich Erfolg haben muss. Wenn ich an meine Wohnung denke, bekomme ich Versagensängste.

Wieder hole ich mein Kind planmäßig ab, übermorgen geht die Schule los, ich fahre nach Hause.
Einige Dinge müssen noch vorbereitet werden, und ich hoffe auf etwas Schlaf.

Um 23.30 Uhr liefern sich Ötzka und Mohammed die reinste Schlacht in Sachen Lärm, Kindergeschrei auf den Balkonen. Ich halte das nicht mehr aus und hole die Polizei.
Meine netten Nachbarn erklären nun, dass sie einen guten Kontakt mit ihrer Nachbarin wollen, ich denke, ich spinne.
Gegen 0.20 Uhr setzen meine Peiniger nun ihr Spiel mit mir wieder fort. Ich höre mehrere türkische Männer vor meiner Tür stehen. Sie schellen und klopfen wie verrückt.
Ich sage ihnen, dass sie sich entweder entfernen oder ich die Polizei wieder hole.
Einer schreit:" Nix Polizei holen, wir mit dir reden."
Meine Kleine steht leichenblass im Flur und sagt:" Mama, nicht aufmachen,"und starrt mich entsetzt an. Natürlich mache ich nicht auf, bin nicht lebensmüde. Habe Panik, und rufe die Polizei ein zweites Mal.

Die kommen sofort und reden mit den Nachbarn. Später kommen die zu mir und einer von den Beamten rät mir, mit denen mal Kaffe trinken zu gehen.
Ich denke, ich spinne komplett. Meine Tochter fragt:" Mama, müssen wir jetzt sterben?".
Der Beamte merkt, dass das nicht gut war, der Andere blickt auf den Boden und weiß nicht, was er sagen soll.
Eines weiß ich, Smooth Core und Hard Core Kombis passen besser zusammen.
Aber jetzt kommen jedes Mal andere, also fange ich immer wieder an, unsere Geschichte zu erzählen. Wenn das so weitergeht, werden wir noch zum Stadtgespräch und Niemand wird uns noch Schutz gewähren. So etwas nutzt sich ab und das wissen auch unsere Peiniger. Ich muss schon sagen, nicht schlecht, vermute, dass sie Übung haben.
Die wissen, wie es geht, aber wir sind so anständig, dass es weh tut.
Die Beamten verabschieden sich und - sagen nichts mehr von Kaffeetrinken.
Es ist schon früher Morgen, wieder ohne Schlaf.
Bremerhaven,Mittwoch,31.07.02
Ab 22.00 Uhr - 0.20 Uhr- laute Musik, Babygeschrei auf dem Balkon, seit wann ist über uns ein Baby?Ob es jetzt nur für uns schreien muss? Armes Kind.

Bremerhaven, Donnerstag, den 01.08.02

Ich bringe Rosa heute das erste Mal in die neue Schule, es liegt sowieso auf dem Weg zur Arbeit. Also übergebe ich mein Kind dem Direktor, der mein farbiges Kind streng taxiert. Er verweist mich auf den Schulvertrag, den er meiner Tochter direkt mitgeben will und schickt mich richtungweisend mit ihr in die neue Klasse.

Eine Lehrerin aus den Sechzigern mustert meine Kleine mit ihren großen Brillengläsern, als sie dann in das Vaterunser nicht einstimmen kann, schweift ihr strenger Blick meinem zuversichtlichen Nicken, während ich die Klasse verlasse.

Na, das kann ja was werden! Meine Tochter ist evangelisch, aber das wissen die Lehrer ja auch, schließlich sind auch die Christen. Außerdem gibt es schönere Gebete als das Vaterunser, finde ich.

Ich nehme mein Rad und mache bei meinem Hausarzt halt. Ich hole mir meine B12, um fein bei der Stange zu bleiben und rase im Eiltempo zur Arbeit. Hier habe ich Abstand, es ist, als betrete ich eine andere Welt.Wie im Flug vergeht die Arbeitszeit. Vielleicht werde ich länger arbeiten, das Geld bräuchte ich wirklich dringend, aber solange unsere chaotische Wohnsituation nicht besser wird...

Also düse ich mit dem Rad wieder zurück, vorbei durch die Stadt. Es sind jedesmal sieben Kilometer. Wenn das Wetter schön ist, kein Problem, aber was mache ich bei Regen? Ich halte Ausschau nach billigen Regenklamotten und finde sie bei Tchibo, hier scheint es alles zu geben. Einfach verpackt, aber top Qualität zum Billigpreis. Ich bin glücklich, es ist beruhigend, gerüstet zu sein. In Bremen hatten wir das Problem nicht, meine Tochter fuhr mit dem Schulbus und ich konnte laufen.

Am Nachmittag ist alles still, mein Kind erzählt von den neuen Schulkameraden, es scheint ihr gut zu gehen, sie ist nun abgelenkt.

Gegen 20.00 Uhr schläft Rosa vor Erschöpfung ein, die unter uns scheinen nicht da zu sein. Gegen 21.20 Uhr gehe auch ich ins Bett, die Zeit soll man nutzen.

Mitten in der Nacht lautes Geklingel an unserer Tür. Ich öffne, zwei Polizeibeamte stehen da, wir wären laut gewesen. Ich erkläre denen, dass wir geschlafen hätten, ob sie hereinkommen wollten. Aber sie sehen, dass ich im Schlafanzug bin, die Wohnung völlig dunkel ist und mein Kind schläft.

Da ist es denen echt peinlich. "Oh", sage ich." Die sind auf Punktesammeln aus und benutzen sie als Spielball. Wissen Sie was, nehmen Sie uns mit, wir können das hier nicht mehr , mein Kind und ich, wir werden verrückt hier. Wir sind jeden Morgen völlig genervt, weil es uns an Schlaf fehlt, ich verliere noch meinen Job. Bringen Sie uns an einen sicheren und ruhigen Ort, ist uns völlig egal wohin. Ich packe ein paar Sachen und ab gehts".

Also, das passt den Beamten schon gar nicht, uns am Hals, au weiha.

Also ist action gefragt. Sie sehen mich nachdenklich an und scheinen zu überlegen, bis einer von denen sagt:"Sie brauchen eine ärztliche Bescheinigung und Protokolle über die Vorfälle seit dem Einzug. Damit gehen Sie zum Richter und beantragen einen Beschluss auf Unterlassung, dann können wir handeln.

Ich denke, ich bin im Büro einer Behörde. Er scheint die Dringlichkeit nicht verstehen zu wollen, sicherlich hat er einen ruhigen Schlaf. Ich weiß nur, ich weiß nichts mehr.

Als die Beamten meine Wohnung verlassen, steht Meister Mohammed auf meinem Flurpodest, er hat gelauscht, das ist klar.

So eine Aktion erfordert Kontrolle.Als ich ihn frage, was das Theater eigentlich soll und dass auch wir hier wohnen, auch wenn es ihm nicht passt, meint er :"Jetzt mache ich erst richtig Krach:" Der Beamte, der neben ihm steht, staunt nicht schlecht und fragt:" Sie machen jetzt richtig Krach? Dann gehen Sie mal in Ihre Wohnung!"

Ich gebe auf und frage mich, was jetzt kommt. Meine Tochter ist nicht aufgewacht, sie war zu erschöpft. Ich gehe ins Bett, mir ist alles egal und schlafe wie lange nicht mehr.

Bremerhaven, Freitg, den 02.08.02

Das Laufen abends tut gut. Nun stelle ich es ein. Meine Route, die mich durch bewachsenes Wald- und Schrebergartengelände führte, vorbei am örtlichen Freibad, änderte ich ab. Niemänd hätte mich gehört...
Ich bedaure das sehr. 45 MinutenTrainieren, psychischen Druck ablassen und neue Kräfte mobilisieren, der Trainingseffekt füllte meine Akkus auf. Jedesmal, wenn ich gestärkt zurückkam, war da aber auch ein Gefühl des Unbehagens, mein Kind war allein zu Hause.
Das schlechte Gewissen ihr gegenüber wurde aufgrund der verschlechterten Wohnsituation zu stark. Jetzt ist Schluss damit, die Lage zu angespannt.

Mein Job tut gut, habe mit dem Arzt telefoniert und einen Gesprächstermin für eine ärztliche Bescheinigung erbeten. Man versteht nicht, dass ich das schriftlich brauche wo die Lage doch so offensichtlich ist.
Meine beruflichliche Situation ist von Erfolg geprägt, ich MUSS erfolgreich sein, um mit dem Verdienten haushalten zu können, bloß Niemals von irgendwem abhängig sein, denke ich.
Aber - das gibt auch Würze, ich habe mein eigenes Büro, Niemand redet mir drein, solange der Erfolg stimmt und der stimmt.
Unsere Wohnsituation eskaliert. Sobald wir unsere Wohnung betreten, werden planmäßig Türen und Fenster geknallt, Bodenerschütterungen ausgelöst.
Was glaubt der nette Mieter im Erdgeschoss? Dass ER bestimmt, wer, wann wie zu leben hat? Ich halte das für faschistuid und gefährlich. Ich habe meinem Anwalt geschrieben, ohne ihn wäre ich aufgeschmissen.
Aber - es reicht, wir werden Grenzen setzen, und er weiß das!
Morgen kommt meine erwachsene Tochter mit ihrem Vater, oh weia, ob ich das aushalte?
Die Spannung, in der ich mich befinde, ist enorm, andererseits tut mir Rückendeckung gut.
Aber wieder auch ist es mir peinlich ihnen gegenüber, dass ich unter solchen Bedingungen lebe und sie eventuellen Problemen ausliefere, von denen ich noch nichts weiß.
Niemals Genaues weiß.
Am späten Nachmittag gehe ich mit Rosa zum Fischereihafen, dort ist im Sommer immer Musikprogramm und Tanz unter freiem Himmel. Es könnte alles so schön sein, und - es tat so richtig gut.

Lieber Gott, ich danke Dir für den schönen Abend, es ist wie Sahnehäubchen auf Schokoladenpudding. DANKE, DANKE, DANKE.

Ab 22.00 Uhr geht programmgemäß über und unter uns das Waschprogramm los.
Gegen 23.10 Uhr fangen die Türken Ötzka neben mir an, zu tapezieren, offener Balkon, Musik, Geschrei.
Ich kann es nicht fassen, spinne ich oder spinnen die?

Bremerhaven, Samstag, den 03.08.02

Meine Tochter Isabel erreicht pünktlich mit ihrem Vater den Bremerhavener Hauptbahnhof
um 10.00 Uhr. Rosa und ich holen sie ab.
Das Wetter ist bombastisch, blauer Himmel mit strahlendem Sonnenschein.
Doch es liegt ein Schatten über mir, ständig diese Angst vor dem Ungewissenen und ich
wünsche mir, dass sie ein erholsames Wochenende haben.
Wenn ich nur das Geld hätte, sie mal in ein Hotel auszuführen, dort zu übernachten und dem
psychischen Druck zu entweichen.
Doch es geht nicht, absolut nicht.
Wir verbringen den Tag am Strand, essen im Dünen gelegenen Strandcafé und lassen uns
die Sonne auf den Bauch scheinen.

Am Abend kehren wir in meine Luxusbehausung, duschen und essen zu Abend. Gegen 18.00
Uhr stiefeln wir zum Fischereihafen, ein großes Musikprogramm ist angesagt.
Leider setzt ein leichter Regen ein, der jedoch unsere gute Stimmung nicht trüben kann.
Auch nicht, als es gegen 21.30 Uhr so stark regnet, dass wir pudelnass sind, als wir meine
Wohnung erreichen.
Es ist 22.00 als eine dröhnende Musikanlage meine Behausung in eine Disco verwandelt, und
Rapmusik derart aufgedreht wird, dass der Fussboden vibriert.
Mein Ex-Ehegatte sagt, dass er das nicht mehr lustig findet, meine Tochter schweigt.
Sie hat genau wie wir vor Schreck den starren Blick, als eine ungeheure Bodenerschütterung
die Gläser in der Vitrine klirren läßt.
Ich merke, dass ich in eine lähmende Ruhe verfalle und in eine Depression abgleite.
Mein Widerstand scheint gebrochen und es ist, als ginge ich neben mir her.
Ich sage nichts mehr, fühle mich als Verlierer, Versager und schäme mich meinem Besuch
gegenüber so sehr, dass ich es nicht beschreiben kann.
Wortlos bringe ich Rosa in mein großes Bett, Isabel, meine Älteste legt sich zu ihr.Als die
Musik endlich aufhört, lege ich mich zu meinen Kindern und weiß nicht, was ich denken soll.
Meine Kleine streichelt mir über das Gesicht und sagt:" Ich liebe dich."
Dem Himmel sei Dank für diese Kinder.

Lieber Gott,TROTZDEM, es wäre schön gewesen, wenn du uns heute mal ohne Stress hättest
leben lassen, ich fühle mich entsetzlich.
Amen

Bremerhaven, Sonntag, den 04.08.02

Ich bringe meine Tochter und meine Ex - Ehegatten wieder zum Bahnhof. Schweigen,
Niemand spricht über die letzte Nacht. Sie spüren, dass mich das sehr mitnimmt,
und ich - merke nichts mehr. Trostspendende Worte ziehen an mir vorbei, wie der Fluss.
Es scheint, als hätte ich mich mit etwas abgefunden, dass ich nicht will, nicht mehr ertra-
gen kann und fühle mich leblos. Kein Gefühl, keine Farbe, kein Geruch.
Bin ich jetzt tot?
Oder NUR lebendig begraben.
Ich weiß es nicht.

Dieser Zustand ist mir neu und gleichzeitig so ekelig, dass ich mich fremd fühle in einem
Körper, der nicht mehr meiner zu sein scheint.
Aber da ist auch ein Verlangen nach tiefer Sehnsucht, die so weit entfernt ist wie der Mond.

Hoffnunslosigkeit legt sich über mir und es ist, als hätte ich etwas verloren dass nie wieder-
kommt.
NIEMALS.

Wieder gehe ich mit meiner Tochter ans Meer und suchen Trost.
Doch wir finden ihn diesmal nicht.
Am Abend geht gegen 20.40 Uhr das Türenschlagen los.
Acht - bis zehnmal hintereinander.
Ab 22.50 Uhr setzt wieder das Waschprogramm ein, es ist so laut, dass meine Tochter
weint und - ich auch.

Bremerhaven, Montag, den 05.08.02

Wir werden gegen 3.20 Uhr mit einem Riesenruck im Schlafzimmer geweckt, anschließend
erfolgt ein Bodenbeben von größter Stärke, unser Bett mach einen Satz.
Ab 4.10 Uhr geht Jemand mit Stöckelschuhen den Flur herauf- und runter.

Vielleicht ist es einfacher zu Sterben, denke ich.
Völlig unausgeschlafen habe ich das Kind zur Schule gebracht und gearbeitet. Irgendwie, ich
reagiere nur noch.
Nicht mehr denken.
Bloß nicht nachdenken.

Gegen 22.00 Uhr setzt wieder lautes Türenknallen ein. Das Theater geht bis 23.00 Uhr.
Dann ist endlich Ruhe.

Ich nehme Kosterfrau-Beruhigungspillen und bilde mir ein, dass sie helfen.

Bremerhaven, Montag, den 05.08.02

Ich bin voller Trauer über unsere Lebenssituation, das hatte ich mir anders vorgestellt.Seit Samstag merke ich eine Ruhe in mir, keine entspannte Ruhe. Eine Ruhe, die so krank ist, dass jegliches Empfinden in mir zu sterben droht.
Mein Kind in gebückter Haltung, mit dem Gesicht auf den Boden, den Blick gesenkt.
Ich habe Nichts mehr zu sagen.
Mein Verstand registriert eine nicht aufzuhaltende Katastrophe und gleichzeitig das Strecken der Waffen. Mal habe ich eine Gänsehaut und gleite dann wieder ins Schwitzen über, meine körperliche Situation ist der Ausdruck meiner inneren Verfassung.
Trotzdem schaffe ich es morgens aufzustehen, mein Kind zu versorgen und zur Arbeit zu fahren, obwohl heute früh gegen 3.20 Uhr das Wecken mit einem riesen Ruck durch unser Schlafzimmer ging. Pünktlich um 4.10 rast Jemand mit Stöckelschuhen herauf und herunter.
Meiner Chefin erkläre ich die Situation, und sie versteht nicht, wie ich in dieses Viertel ziehen konnte. Ich auch nicht.
Aber der Arbeitsplatz fügt sich in dieses Chaos ein, dem Himmel sei Dank.
Rosas Schulplatz ist ebenso ein Erfolg und alles läuft gut, die Mädchen nett. Heute bekam sie eine Einladung zur Geburtstagsfeier von einer Freundin. Sie plappert munter drauf los, bis wir in unsere Straße einbiegen, dann schweigen wir Beide und sie sagt: "Mama, ich habe Herzkopfen."
"Ich auch", sage ich und weiter gehts.
Wir backen kleine Brötchen, und hoffen auf eine schnelle Reaktion seitens der Allbau AG, der Unterstützung der Polizei und meines Rechtsanwaltes.
Winzige, kleine Hoffungsschimmer, die in der Ferne darauf warten hell zu leuchten.
Ich fasse wieder Mut und hoffe, dass diese Nacht ruhig wird.
Gegen 22.00 uhr stelle sich erneutes Türenknallen bis 23.00 Uhr ein.
Meine Tochter aus Bremen ruft an und fragt:" Mama, was bist du so ruhig?".
Ich sage, dass ich müde bin.
Meine Kinder machen sich Sorgen und ich mache mir Sorgen um sie.
Meine Mutter pflegte früher zu sagen:" Wenn du glaubst, du sitzt auf einem Pferd, dann sitzt du auf einem Esel."
Jetzt finde ich das nicht mehr lustig.
Ich bin totunglücklich, doch es geht weiter - immer weiter...

Bremerhaven, Dienstag, den 06.08.02

Gegen 3.20 Uhr wieder einen großen Knall unter unserem Schlafzimmer. Die Nacht ist zu Ende, totmüde das Kind zur Schule gebracht und die Arbeitszeit gut überstanden.
Jetzt halte ich unterwegs immer an einem Bistro und trinke dicken Kakao mit Sahne, eine Art von Trost, den ich mir gönne und gleichzeitig ein Aufpowern meiner schwindenden Kräfte.
Man hat mir gesagt, ich sei eine hochqualifizierte Kraft und ist zufrieden mit mir.
Mein Glück!
Als wir gegen 14.00 Uhr heimkommen startet ein Gegröle, Geschrei und Gerenne im Flur.
Der wird wieder mit Müll versaut. Erwachsene über, unter und neben mir schreien von den Balkonen den Kindern auf dem Rasen zu, hetzen sie auf und das Geschreie nimmt an Dimensionen zu.
Dann landet eine Ladung Dreckwasser von oben auf meinem Balkon,Teppiche und Decken werden ausgeschlagen, Papiertücher und Zeitungen folgen. Dann hängt ein Riesenteppich direkt vor meiner Nase. Um 22.00 bis 23.30 Uhr der Billig-Waschgang. Ich denke nichts mehr.

Bremerhaven, Mittwoch, den 07.08.02

Habe heute nachmittag mit Hauswart Tetzlaff gesprochen. Er hat mit Mohammeds geredet, und ausserdem Yildrims aufgesucht.
Es liegen Beschwerden gegen mich vor:
Meine Tochter spiele Flöte und ich bekäme Besuch.
Ich frage ihn, ob das verboten sei.
Er sagt nichts und grinst dämlich.
Ein Gewitter braut sich zusammen. Da stimmt etwas nicht, ich rufe meinen Anwalt an.
Der lacht sich tot und ich weiß nicht, über wen.
Er sagt, das sei filmreif und mir ist gar nicht danach.
Doch dann wird er ganz ernst und sagt:" Das setzt Hiebe", und die setzt er auch.
Gegen 15.00 Uhr schreibe ich mit der elektronischen Schreibmaschine, die Gegenreaktion sind 15 Minuten hämmern und Türenschlagen.
Mein Kind geht ins Wohnzimmer und spielt Flöte.
Das können die gar nicht ab und - hören auf.
Ich denke mir, irgendwo müssen die ja auch sitzen, nur die Flöte scheinen sie gar nicht zu mögen, dabei sind es nur wenige Minuten...
Gegen 20.40 Uhr erneutes Türenschlagen, das Waschprogramm startet erneut um 22.30, ein Baby schreit sich auf dem Balkon über mir die Kehle aus dem Hals bis 23.30 Uhr.
Ich halte das nicht mehr aus.
Ich hole die Polizei, die Stasi Yildrim auf dem Balkon über mir registriert die Beamten.
Sofort ist es ruhig, kein Kind schreit mehr, die Waschmaschinen sind ausgestellt.
Niemand öffnet bei Yildrims, es ist wie ausgestorben. Ich kann das nicht fassen.
Der Beamte sagt:" Sie müssen raus hier. Wir können da nichts tun, solange es ruhig ist".
Er empfiehlt mir noch, einen Türken zu heiraten.
Ich denke, ich werde verrückt..

Bremerhaven, Mittwoch, den 08.08.02
Pünktliches Aufstehen um 4.08 Uhr, Türenschlagen beginnt, ein Ruck geht durch mein Schlaf-zimmer.
Meine Kleine, die ich letzte Nacht in ihr Kinderzimmer brachte, schläft Gott sei Dank noch, das haben sie wohl nicht mitbekommen.
Ich gehe jetzt immer ins Wohnzimmer und lege mich dort noch etwas hin, irgendwo müssen die ja auch schlafen.
Und wieder ab in die Schule und zur Arbeit. Im Bistro sind wir jetzt Stammgäste, wenn das Wetter schön ist, gehts direkt ins örtliche Schwimmbad oder ans Meer.
Wir wechseln, mittlerweile hat Yildrims arbeitsloser Sohn ausspioniert, dass auch wir dort sind, wir wollen nur noch unsere Ruhe und bleiben in der Nähe des Bademeister Office.
Da er ihn schon mal herausgesetzt hat, sind wir hier sicher.
Gegen 18.00 Uhr empfängt uns eine völlig überdrehte Musikanlage, Vibrationen unter dem Fussboden.
Um 19.30 bekommt Yildrim über uns Besuch, ich schätze zehn bis fünfzehn Leute, dazu Kinder. Meine Lampe wackelt wieder, ich knipse sie einfach am Kabel ab.
Das wäre erledigt.
Jetzt startet ein Wettrennen mit Mohammeds im Duopack, der Polizeieinsatz letzte Nacht bleibt nicht ungestraft.
Türenschlagen vom Feinsten, unter dem Kinderzimmerfußboden wird heftig geschlagen.
Mein Kind aus dem Schlaf gerissen rennt wie verrückt im Zimmer herum. Klopfen gegen Heizungsrohre startet.
Ab sofort schläft sie nur noch bei mir.

Bremerhaven, Freitag, den 09.08.02

Was kaum zu glauben ist, wir schlafen durch bis 6.30 Uhr! Wahrscheinlich waren die lieben Nachbarn von der letzten Nacht so geschafft, dass sie tatsächlich UNS verschlafen haben.
Dafür nehmen WIR jetzt den Staubsauge und saugen die Wohnung.
Niemand kann verstehen, wie gut Rache tut.
Dann gehen wir, diesmal weniger leise tapsend den Flur herunter und verlassen das Haus.

Den Nachmittag verbringen wir in der Stadt, fahren ans Meer und kommen nach einem Besuch im Fischereihafen, wo ein Open-Air-Kinoabend angesagt war, erst gegen 22.00 Uhr nach Hause.
Ich habe mir vorgenommen, und das war der letzte Rat des Kontaktpolizisten Fischer, immer wieder die Polizei zu holen, eine andere Hilfe gibt es nicht.
Gegen 22.50 Uhr startet wieder Fenster- und Türenschlagen , von 23.00 Uhr an laute Musik und Heizkörperschlagen.
Dann wird Familie Ötzka neben uns munter, hemmungsloses lautes Geschrei. Jetzt wird gegessen, Teller und Schüsseln klappern, während laut die Musik dröhnt.
Gegen 23.40 Uhr ist endlich etwas Ruhe.
Fernsehen kann ich schon lange nicht mehr, man versteht nichts, es ist zu laut.
Ich sitze im Schein einer kleinen Lampe und schreibe mir den Kummer von der Seele.
Das Exil ist nicht weit.
Ich versuche mich zu retten.

Bremehaven, Samstag, den 10.08.02

Nichts bleibt ungestraft.
Wieder werden wir gegen 4.08 Uhr duch einen dumpfen Aufprall unter unserem Schlafzimmer geweckt, Türen knallen laut.
Gegen 11.00 Uhr bis 11.45 Uhr laute türkische Musik, meine Tochter geht ins Wohnzimmer und spielt zehn Minuten Flöte. Wenn sie gar nicht mehr übt, sind ein ganzes Jahr Unterricht futsch.
Wir verlassen dann das Haus.Mir fällt auf, dass uns seit Tagen eine Türkin vom gegenüberliegenden Balkon beobachtet. Sie sitzt da stundenlang und schaut ins Kinderzimmerfenster.
Heute fotografiere ich sie mit Blitz, das findet sie gar nicht lustig.
Schreiend springt sie von ihrem Stuhl und stülpt sich die Arme über den Kopf.
Händeringend verläßt sie schimpfend den Balkon und schreit nach Allah.
Der kann ihr aber jetzt auch nicht helfen und ich mache noch ein paar weitere Fotos von dem versauten Rasen unter meinem Balkon.
Jetzt sitzt die Türkin da nicht mehr.
Als ich gegen 11.50 Uhr das Haus verlasse, die Treppe ins Erdgeschoss hinuntergehe, kommt der älteste Sohn Mohammeds mit Frau und knallt die Wohnungstür derart zu, dass meiner Tochter die Ohren schmerzen.
Ich sage:" Und mal wieder ein Türchen." Darauf reißt der Verrückte die Tür wieder auf und schlägt sie abermals kräftig zu.
Jetzt schmerzen auch meine Ohren.
Wir gehen in den Keller. Als wir mit den Rädern hoch kommen, steht dieser Irre auf dem oberen Flurpodest und schreit:" Du nimmst den Mund ganz schön voll! Pass bloß auf!"
Ich sage:" Was sie da tun, ist Körperverletzung, sie sollten sich einen guten Anwalt nehmen!"
Das war zu viel für ihn.
Er zischt zurück:" Du Schlampe, für mich bist du nichts, du bist da unten, da ganz unten."
Er zeigt mit dem Finger auf den Flurboden und spuckt drauf.

Ich erwidere:" Du für mich auch."
Da sagt er nichts mehr.
Ich gehe dann zu meiner Tochter, die kreidebleich bei den Fahrrädern steht und wir gehen schweigsam Richtung Meer.
Wir sagen nichts mehr, gar nichts.
Die Erniedrigung der Mutter vor dem Kind ist das Schlimmste, eine sehr wirksame Foltermethode, die ihre Wirkung zeigt. Sie weint und ich versuche sie zu trösten.
Ein jämmerlicher Versuch.
Am Meer kniet sie sich vor mir in den Sand und sagt:" Mama, was erwartet uns heute abend?"
Ich halte meine Tränen, meine Wut und meine Depressionen zurück, sage." Nichts,gar nichts," und fange an zu schreiben:

Vertreibung

Tiefe Trauer,
undendliche Tiefe,
keine Horizonte,
kein Hoffen,
nur Warten,
auf das Danach...

Vertreibung,

durch böse Mächte,
die sich anmassen
hier heimisch
zu herrschen.
Ohne Rücksicht.
Ohne Reue.

Vertreibung

ohne Verstand,
getrieben von blutrünstigen
Idelogien,
die wie Parasiten
dich aussaugen,
mit List und Tücke
dich
verfolgen,
vernichten,
bis auch
der Letzte
sich beugt.

Vertreibung,

und wir,die hier leben, hier heimisch sind,
sich kleinmachen im Namen der längst
allgegenwärtigen Integration.
Wo sollen wir hin,im eigenen Land?

Vertreibung

Machtlosigkeit
und Ohnmacht
der hier
tatsächlich Herrschenden,
die hetzen und versuchen,
das Chaos,
den Krieg
zu vermeiden,
zu besänftigen,
die Verfolgten
im eigenen Land
zu schützen.
Was für ein Wahnsinn!

Vertreibung

im Namen Allahs.
Die Stürme,
die da toben,
weltweit und allgegenwärtig,
und was kommt danach?

Friede,
Glück,
Gesundheit
für ein Volk dieses Landes,
ohneAngst
und Entsetzen.
Doch wohin?

Vertreibung

Ein Land,
mein Land,
dass ich schützen möchte,
und Schutz suche,
vor Terror
und destruktivem Denken.
Mächten, die es aussaugen,
misshandeln und es später
in einen Sumpf verwandeln,
und Niemand
wird mehr wissen, wie alles anfing.

Vertreibung.

Als ich fertig bin, geht es mir besser.
Ich weiß, was geschieht, warum es geschieht und -
wie es in mir ausieht, und ich weiß,
dass ich weg MUSS.

Als wir gegen 18.00 Uhr mit mulmigem Gefühl nach Hause gehen, sind wir schweigsam,
und ich sage meiner Tochter, dass es IMMER eine Lösung gibt. Ich möchte, dass sie sich
freut und ich verspreche ihr eine Überraschung.
Am Tag zuvor hatte ich eine Barbie gesehen, die ich ihr nun kaufen werde.

Als wir unsere Wohnung erreichen, geht im Flur nun lautes Türenknallen los, mich wundert,
dass andere Mieter das abkönnen. Es scheint, dass sie sich einig sind.
Als ich jetzt meine Waschmaschine anstelle, gibt es nun Bodenerschütterungen in der Küche.

Ab 22.00 Uhr startet nun bei Mohammeds das Waschprogramm und wie bestellt ab 22.45 Uhr
laute Rap-Musik. Familie Ötzka neben uns klopft wie verrückt gegen unsere Wände, ein Ge-
schrei wie auf dem Marktplatz.
Ich bin nur noch angespannt, sobald ich die Wohnräume betrete, habe ich Herzstiche und
mein Kind ist reduziert auf das Nötigste.
Wir empfinden weder Durst noch Hunger.
Still sitzen, nicht regen, nicht stören, bloß nicht auffallen!
Das Kind leidet, also ganz kleinmachen.
Ich denke, ich bin auf der Flucht, doch ich weiß nicht welche Flucht.
Bin ich in Deutschland?
Oder im Exil?
Oder BEIDES?
Ich denke, ich bin im Exil in Deutschland.
Ab jetzt Überleben, ich habe keine Übung darin, aber mein Instinkt sagt mir
überraschenderweise, WIE.

Und auf einmal sind die Bäume nicht mehr so grün,
die Häuser nicht mehr so groß,
und die Straße nicht mehr so weit.

Lieber Gott, was hält der Mensch aus? Ich kann nicht mehr, bitte nimm uns weg von hier,
ich habe mein Kind und mich in eine unmögliche Situation gebracht, wenn auch unbeab-
sichtigt. Doch zeig mir eine Lösung, ich habe keine finanziellen Mittel für einen Umzug.
Es ist keine Hilfe in Sicht, keine Reaktion von der Wohnungsgesellschaft, BITTE HILF!

In der Nacht habe ich einen Traum:
Ich renne und renne wie um mein Leben, doch ich stürze tief hinab wie von einem Hochhaus.
Schweißnass wache ich auf.

Bremerhaven, Sonntag, den 11.08.02

Ich fühle mich schlecht und bleibe im Haus.
Meine Tochter spielt Flöte, ab da geht das Gehämmer im Haus wieder los. Ich höre Geschrei
aus dem Fenster neben uns und unter uns. Ich habe das aber nicht verstanden.
Die Türkenfamilie Yildrim über uns schüttelt ihre Decken und Teppiche wieder über meinem
Balkon aus, Abfälle fallen ebenfalls herunter.
Bevor ich die Wäsche hereinholen kann, die ich in der Nacht dort trocknen wollte, ist auch
schon alles versaut. Ich gebe auf.

Gegen 14.00 Uhr startet das Waschprogramm bei Mohammeds begeleitet von Türenknallen.

Ich stelle meine Waschmaschine um 15.00 ebenfalls an und verlasse das Haus.
Im Freibad finden wir Abstand, ich kaufe uns ein Rieseneis, sitzen im Café und beobachten
die Leute.
Im Schwimmbecken lernen wir eine junge Frau mit ihrem Sohn kennen, die sind aus Berlin
hierhergezogen und schimpfen, was das Zeug hält.
Irgendwie haben wir etwas Gemeinsames und mir ist, als bade ich in warmen Wasser.

Die Kinder freunden sich an und sind versorgt. Mein Kind ist abgelenkt und ich freue mich
für sie, außerdem habe ich seit langem mal wieder gute Gespräche.
Es stellt sich heraus, dass sie Künstlerin ist, der Ehemann ebenfalls und von hier ist.
Eine schwierige Szene, sagt sie und winkt ab.
Ostfriesland sei auch in Bremerhaven.
Au weia, denke ich.
Ich freue mich so über diesen schönen Nachmittag, dass ich unseren ganzen Kummer bei-
seite schiebe, als wir uns verabschieden und Richtung HEIMAT radeln.
Doch die Realität holt uns schnell wieder ein.Gegen 19.45 , als ich die Balkontür nach dem
täglichen Reinigungsgang schließen will,
klemmt sie, sofort geht wieder der dumpfe Aufprall von unten los und frage mich, wann die
Wohnung einstürzt
Ab 20.10 Uhr startet Familienterror bei Ötzka neben mir, gefolgt von Heizungsschlagen unter
uns, lautstarke Diskussionen bei Mohammeds. Es wird an die Wände geklopft, nach kurzer
Pause wieder geklopft,
Das Theater geht bis 23.00 Uhr.

Lieber Gott, danke für die netten Leute, es ist tröstend zu wissen, dass Andere es auch nicht
leicht haben, nur leider, wirklich helfen tut es nicht. Trotzdem DANKE für alles.
Totmüde schlafen wir ein.

Bremerhaven, Montag, den 12.08.02

Wieder werden wir gegen 4.08 Uhr durch einen dumpfen Aufprall geweckt, mein Bett macht einen Ruck. Er ist so stark, dass ich in Schweiß ausbreche. Die Nacht ist zu Ende.

Es geht mir so schlecht, dass ich zu Hause bleibe und uns entschuldige.
Mein Kind kann ich unmöglich allein zur Schule schicken, ich sage, dass wir eine Grippe haben und fertig aus.

Beim Brötchenholen treffen wir auf den Gemeindepfarrer, ich erläutere ihm in der Bäckerei kurz unsere schwierige Situation.
Als ich bezahlt habe, ist er plötzlich verschwunden wie der heilige Geist.
Das beunruhigt mich.
Der Überlebensinstinkt scheint zu funktionieren, ich richte meinen Tagesablauf nach unseren Chaoten aus, morgens das Kind in Begleitung zur Schule bringen, den Arbeitsplan nach dem Stundenplan beenden und sie wieder abholen.
Dann nach Hause und Kind zum Gospelchor bringen, abholen und an anderen Tagen ins Jugendzentrum oder zum Spielkreis, wieder bringen und abholen.
Niemals allein.
NIE.
Sobald wir in unsere Straße einbiegen, sagt meine Tochter jedesmal, dass sie Herzklopfen hat, jedesmal. Manchmal denke ich, sie hat Todesangst.
Ich sage dann." Rosa, ich auch", und will sagen , dass ich auch so empfinde und das normal ist.Bloß nicht die Nerven verlieren, bloß nicht.
Nur weitermachen.
Wenn es eben geht, essen wir auswärts und kommen erst am Abend heim.
Es ist nicht gut unseren Nachbarn wissen zu lassen, dass es Regelmäßigkeiten gibt.
So wissen sie nie, wann wir heimkommen, und kalkuliert planen können.
Ich fühle mich wie ein Tier auf der Flucht.
Austricksen um zu überleben.
Es geht mir jetzt wie meine Oma im Krieg und ich beginne zu verstehen, was es heißt auf der Flucht zu sein.
Deutschland 2002.
Der Krieg ist ausgebrochen, ein anderer intelligenter Krieg, der alles in den Schatten stellt.
Auch mich.

Ich schreibe:

SCHATTEN

Schatten

auf meiner Seele,
meinem Herzen,
des Lebens klare Sicht mir nehmen.

Schatten

so tief,
dass ich vorbeiziehe
an mir,
meinem Leben,
meiner Liebe zum Leben.

Schatten,

die schmerzvoll sich auftürmen
wie eine Woge im Wind,
die vergeht,
sich beruhigt
im Rausche des Lebens und doch...

Schatten,

die betäuben,
gefangennehmen
in Verletzungen,
Erniedrigungen,
Bedrohungen,
die mich stutzen,
Ohnmacht-behindern.

Schatten,

wie lange werde ich sie ertragen,
die mein Leben auf ein Minimum
beschränken?
Nur tapsen,
ganz leise,
nicht auffallen,
nicht stören,
nur ertragen,
die Willkühr von Menschen.

Schatten

mahnen die Stimmen der Peiniger
am Tag, in der Nacht
mich bedrohen wie ein böser Geist
uns gefangennimmt,
oder sich auflösen
in der Dunkelheit des Lebens?
Schatten.

Der Dorfsheriff ruft an. Sieh mal einer guck!
Er ist sehr interessiert, ich heule nur noch los, es ist mir nicht peinlich.
Ich kann einfach nicht mehr. Er schlägt vor, noch einmal mit den Nachbarn zu reden.
Die Polizei hat mich doch noch nicht aufgegeben, denke ich. Ich stelle fest, dass es tags-
über ruhiger ist, doch ich traue dem Frieden nicht, ganz im Gegenteil.
Was brüten die jetzt wieder aus?
Die Ruhe vor dem Sturm, ich habe Angst ins Bett zu gehen, nie zu wissen was in der Nacht
passiert. Am schlimmsten ist diese Ungewissheit für mein Kind.
Gegen 22.40 Uhr gibt es bei Yildrims über mir lautstarke Diskussionen, bei Ötzka Wände-
klopfen und Kindergeschrei und natürlich stimmen auch Mohammeds mit Baustellen-Häm-
mern ein.
Seit 21.40 Uhr läuft die Wäsche planmäßig bis ich weiß nicht wieviel Uhr.

Bremerhaven, Dienstag, den 13.08.02

Standardmäßiges Wecken um 4.10Uhr, wieder wird ein starker Ruck und Knall unter meinem
Bett ausgelöst.
Wut, Schmerz und Ohnmacht machen sich breit. Ich glaube, die haben sich einen genauen
Folterplan erarbeitet, da wird der Wecker nur für uns gestellt.
Als ich gegen 13.45 Uhr mit Rosa nach Hause komme, läuft die Waschmaschine wie wild auf
Schleudergang, dazu lautstarke Diskussionen im Flur und in den Wohnungen.
Ich versuche zu lauschen, doch ich verstehe nichts.
Anschließend geht die Musikanlage unter uns wieder in den Turbogang. Dann laut, nichts,
laut, nichts und immer so weiter.
Wieder verlassen wir die Wohnung, essen auswärts und kommen erst gegen Abend zurück.
En Hoch auf den Sommer und das Meer.
Nur gut, dass Rosa keine Schulprobleme hat, das würde ich nicht aushalten.
Mein Arbeitsplatz gibt mir Abstand und gleichzeitig Bestätigung, es ist wie der Tropfen auf
dem heißen Stein.
Am Abend werfe ich dem Gemeindepfarrer mein Aphorismen "Vertreibung" ein und hoffe
in meiner seelischen Not, dass er sich mal meldet, ein Gespräch würde gut tun.
Ob Moslems sich mit Pfarrern austauschen?
Sie blasen ihren Choran in selbstverständlicher Regelmäßigkeit, ich habe nichts dagegen und
verstehe nicht, warum meine Tochter weder singen noch Flöte spielen darf.
Gegen 20.10 Uhr geht das Türenschlagen wieder los in abgestimmter Reihenfolge mit Familie
Ötzkas heftigen Streitszenen, dazu laute Musik und einem Kindergeschrei, dass man meint,
die sterben .
Wieder der beliebte Schleudergang bei Mohammeds ab 21.35 Uhr. Natürlich darf auch das
Baustellengehämmer wie Vorschlaghammer auf Beton nicht fehlen.
Nicht einen Abend können wir ruhig einschlafen.
Stress macht sich breit.
Bei jedem kleinsten Geräusch unsererseits wie Toilettenspülung, Sauger,oder Wasserhahn
gibt es jetzt doppeltes Gehämmer.
Der reine Wahnsinn!
Ein erneuter Waschgang um 22.10 Uhr sorgt für Abwechselung.Ab 0.05 Uhr undefinierbare
Geräusche unter meinem Schlafzimmer, könnte ein Trockner sein.
Das Affentheater geht bis 2.00 Uhr.
Gegen 2.45 Uhr stehe ich auf und gehe zur Toilette.
Von unten schreit ein Mohammed:" Du Idiot, Ruhe da oben!" Ich bin schweißnass und denke,
Ich bin der letzte Mensch.

Bremerhaven, Mittwoch den 14.08.02

Bin völlig erschöpft, kann aber nicht schon wieder fehlen, was kann meine Chefin dafür?
Also nehme ich mein Kind. Als wir gegen 7.45 Uhr auf der Hauptstraße Richtung Schule
sind, spuckt eine Türkin, die uns radelnd auf dem Gehweg überholt, vor mir aus.
Ich erkenne sie, es ist die Schwiegertochter von Mohammed.
Der Rotz klebt an meiner weißen Hose.
Ich bekomme Ekel.
Meine Tochter sagt:" i, Du Schwein." Daraufhin spuckt sie wieder aus, dieses Mal verfehlt
die Ladung uns und landet auf dem Boden.

Die Demütigung sitzt tief, mein Kind heult wegen meiner versauten Hose, und ich fühle mich
wie gebranntmarkt.
Als ich Rosa an der Schule abgebe, ist sie ganz traurig.
Der gesenkte Blick rührt mein wundes Herz, dann schaut sie mich an und hat Tränen in den
Augen, die Demütigung von Mutter und Kind sind erfolgreiche Foltermethoden.
Ich verspreche ihr, die Barbie mitzubringen und küsse ihr die Tränen aus dem Gesicht..
Ich bin überfordert, und sie spürt das. Mit hängenden Schultern geht sie ins Schulgebäude.
Schuldgefühle erdrücken mich, und ich kann nichts tun.
Behinderung ist eine schlimme Sache, man möchte und kann aber nicht..
Am liebsten wäre ich jetzt mit Rosa in einer Zeitmaschine, andere Welt, heile Welt.
Ich bete nicht mehr, Gott hat uns verlassen.
Auf dem Weg zur Arbeit kaufe ich bei einem Inder, der seinen Stand auf dem City-Markt hat,
eine billige Hose. Die, die ich anhabe wechsele ich und schenke ihm Meine.
Er ist irritiert und schaut mich freundlich und fragend an.
Als ich bezahlen will, wehrt er ab.
Klar, die, die er jetzt hat ist das dreifache wert, mir ist das jetzt egal.
Als ich auf mein Rad steige, steckt er mir eine Visitenkarte von einem Grill- und Steakhaus
zu. "Gratis Essen", meint er zu mir."Nix kochen, Du kommen und nix bezahlen, Du o.k.!"

Ich denke, ich bin im falschen Film und halte an einem Bistro-Straßencafé und genehmige mir
eine dicke Schokolade mit Sahne.
Ob es den lieben Gott doch gibt?

Wie in Trance überstehe ich diesen Arbeitstag, hole meine Süße ab und schenke ihr die mit-
gebrachte Barbie, ein scheues Lächeln, eine hilflose Geste...
Als wir heimkommen, ist es ruhig.
Dann werde ich unruhig.
Gegen 19.30 Uhr startet wieder Türengeknalle.
Wie könnte man uns vergessen?
Dann löst Ötzka diesen Alptraum um 21.40 Uhr ab und hämmert gegen Wohnzimmer- und
Kinderzimmerwand. Pünktlich gegen 22.10 erfolgt die Ablöse durch Mohammed und es
klingt wie Holzhacken unter uns.
Gegen 23.00 kommen Yildrims nach Hause, jetzt wird erst mal gewaschen, dazu bis 23.40
Uhr lautstarke Diskussionen.

Gute Nacht!

Bremerhaven, Donnerstag, den 15.08.02

Pünktliches Wecken um 4.08 Uhr per Schlafzimmerruck. Längst hat man kapiert, dass ich mit Kind dort schlafe. Also werde ich etwas verändern müssen.
Das ist jetzt Standard.
Schlafentzug macht den Körper UND die Psyche kaputt.
Die verstehen sich gut in Sachen Foltermethoden, möchte gerne wissen, warum die wohl ihr Land verlassen haben. So gläubige Moslems verlassen ihr Land!!
Von der Wohnungsgesellschaft immer noch keine Reaktion, die haben keine Problem, das habe ich.
Als wir heimkomen, ist es 14.00 uhr.
Gegen 14.15 rennen viele türkische Kinder, die ich familiär nicht einzuordnen weiß, den Flur herauf und herunter. Dazu im Wechsel lautes Geschrei von den Balkonen. Wieder landen Abfälle auf meinem Balkon, die Kinder lachen sich mit den Erwachsenen tot und schauen in mein Fenster.
Rosa hockt in einer Ecke des Wohnzimmers und hat Angst.
Wieder verlassen wir die Wohnung und wieder essen wir auswärts.
Es ist unser Glück, dass wir Pommes mögen und fahren mit den Rädern zum Strand.
Das Meer lehrt uns Geduld, Ruhe, aber auch Erinnern, Vergessen und - die Sehnsucht.
Das Schreiben wird zu unserem Exil.
Ohne mein Tagebuch wäre ich tot, längst tot.
Mein Kind schreibt und malt Bilder von der Peinigerin Fr. Mohammed. Sie schreit von unten nach oben: "Hör auf, Du Rotzgöhre", wenn sie Flöte spielt oder singt.
Dabei kennen die sich kaum.
Sie ist die 120 Kg Frau, ungepflegt, zahnlos, immer schwitzend in bunten Nylonkitteln gehüllt.
Ich denke, die ist in Rente, und ich weiß, dass sie es nicht ist.

Wir kommen gegen 19.30 Uhr zurück.
Um 20.10 startet wieder Türenschlagen , Yildrims Enkel stampfen wie wild über uns.
Schwere Erschütterungen bewirken das Klirren der Gläser in meiner alten Vitrine aus dem 19. Jahrhundert. Selbst die Töpfe in der Spüle geben metallene Töne von sich.
Da die Deckenlampe bereits abgenommen ist, habe ich eine Sorge weniger.
Als Mohammeds, Ötzka und Yildrims ihren Terror fortsetzen, hole ich gegen 22.20 Uhr erneut die Polizei. Als der Spürdienst die Beamten sichtet, setzt sofort Ruhe, absolute Ruhe ein.
Alles ist still, Niemand öffnet und ich bin erstaunt, was nicht alles möglich ist.
Die Beamten stellen mir gezielte Fragen, wer der Anführer sei.Ich sage ihm, dass Mohammed die Fäden ziehe, die Anderen seien nur Mitläufer. Hr. Yildrim, der einen Kopf kleiner ist als ich, hat mir doch tatsächlich mal die Tür aufgehalten, als ich vom Laufen kam.
Was ich nicht sage, ist, dass ich kurz davor war, ihm was aufs Maul zu hauen, wenn er auch nur ETWAS gesagt hätte. Er muß das gespürt haben, denn ich mache ihnen Angst.
Kein Mannsweib, der Horror eines Moslems!
Und doch bin ich Nichts, für die ohne Mann - ein NICHTS!
Gar nichts.
Einer der Beamten erwähnt, dass er Zivilstreife anfordern wolle. Ich hoffe nur: ER TUT ES!
Wir reden leise, ganz leise, alles wird in diesem hellhörigen Haus registriert.
Die Beamten bleiben noch eine ganze Weile auf dem Parkplatz und demonstrieren Stärke.
Allmählich kriegen sie mit, dass es ernst wird.
Sobald mein Telefon schellt, ist es mucksmäuschenstill, wir haben kein Privatleben mehr.
Wir werden kontrolliert und gezielt terrorisiert.
Der Amoklauf beginnt...

Bremerhaven, Freitag, den 16.08.02

Mittlerweile bin ich so klapprig, dass ich wieder zum Arzt gehe. Fr. Dr. Giesbert, eine Frau in den mittleren Jahren hört mir geduldig und verständnisvoll zu.
Ich schildere ihr meine missliche Lage und gleichzeitig wie ich mich fühle.
Sie versteht nicht, dass die Allbau keine Reaktion zeigt, vor allem nicht, dass ich noch immer dort wohne. Was weiß sie schon von meiner finanziellen Lage? Ich erkläre ihr, dass ich alleinerziehend bin, über ein begrenztes Budget verfüge und für diesen Umzug lange gespart hätte.
Da ich aber von Schuldgefühlen überwältigt werde, fange ich an zu heulen.
Es ist ihr peinlich.
Mir nicht, ihr Blick verrät Distanz und - dass wir Beide weit auseinander sind.

Sie stellt mir folgende ärztliche Bescheinigung aus:
Frau Adu leidet seit etwa einem Monat an einem psychischen Erschöpfungszustand mit erheblicher Gewichtsabnahme.
Weitere äußeren psychischen Belastungen von Seiten der schwierigen Wohnsituation sind ihr nicht zumutbar.
Wieder bekomme ich hochdosierte B12.
Trotz unserer Distanz ist sie betroffen und ich habe Schuldgefühle weil sie betroffen ist.
Mein Selbstwertgefühl ist so niedrig, dass Schuldgefühle zu einem ständigen Begleiter werden..
Es scheint, dass ich Erinnerungen wachgerufen habe:
Nachdenklich sieht sie mich an und sagt, dass ich so schnell wie möglich da heraus müsse, doch sie sagt nicht WIE.
Und dann - nach einer kleinen Pause- bietet sie mir an, über eine ihr bekannte Wohnungsgesellschaft sofort nach Wohnraum suchen zu lassen. Und finanziell?, frage ich mich.
Trotzdem bin ich ihr unglaublich dankbar und fühle mich etwas stabiler.
Ich steige auf mein Rad und denke, dass ich träume.

Weiter zur Arbeit, krankmachen ist nicht, außerdem hilft es Abstand zu finden.
Als ich mit Rosa gegen 13.00 Uhr die Wohnung betrete, startet wieder dröhnende Musik von Mohammeds und Ötzka, synchron der nette Schleudergang . Mittagszeit scheint ein Fremdwort zu sein..
Trotzdem, der Tag verläuft ruhig. Aber ich bin gestresst und finde nur sehr schwer zur mir,
Ich merke, dass mein Kind sich reduziert. Wenn sie nicht bei mir ist, sitzt sie am Bettrand und starrt auf den Fußboden . Unendliche Trauer steht in ihrem kleinen Gesicht geschrieben, Armut löst Trauer und unendliches Leid aus, das wird mir wieder klar. Ich hatte es immer verdrängt, unangenehme Erinnerungen aus der Kinderzeit.
Jetzt sehe ich, dass mein Kind genauso leidet.Klein machen, nicht zur Last fallen und sie weiß, dass nur ein ganz kleiner Fehler ALLES zerstören könnte.

Lieber Gott - Du bist immer noch auf Urlaub? WO BIST DU?

Bremerhaven, Samstag, den 17.08.02

Wieder werden wir gegen 4.08 Uhr geweckt duch ohrenbetäubends Türenknallen.
Um 10.30 Uhr lautes vermehrtes Türenschlagen , etwas kracht förmlich zusammen und
starke Bodenerschütterungen folgen.
Ich denke, dass der liebe Gott immer noch auf Urlaub ist, bis ich eine ältere deutsche Frau
vom Balkon schräg über mir schimpfen höre und gehe raus. Da steht eine Dame in den
Siebzigern und ich frage sie, wie lange der Lärm hier schon ginge.Sie sagt schimpfend:
"Seit Jahren geht das schon so, man wird verrückt hier!"
Ich frage sie, wie sie das aushalte.
Sie meint:" Ich mache die Ohren zu!" Abermals frage ich sie, WIE sie das anstelle, und sie
antwortete, dass sie das selbst nicht wisse.
Dann erzählt sie mir von meiner Vormieterin, ich bin ihr unglaublich dankbar. Sie nennt mir
Namen und Adresse, sie kennen sich schon ewig und haben Kontakt.
Ich sage ihr, dass ich nach sieben Wochen Mietzeit völlig fertig sei, ob sie bereit sei mal mit
dem Kontaktpolizisten zu reden.
Ich hätte leider keine Zeugen. Da ist sie ganz entsetzt, schlägt die Hände über den Kopf und
bittet:" Bloß keine Polizei, bloß nicht, Polizei ist nicht gut hier, aber ich bin Frau Rieder und
wohne hier in der 3. Etage der 5c. Kommen Sie mich doch mal besuchen, rät Sie mir!"

Ich danke ihr und bin unglaublich dankbar, hechte zum Telefonbuch.
Nervös suche ich nach meiner Vormieterin. Ich finde sie unter ihrer alten Telefon-Nr. und
meiner jetzigen Adresse. Mit zitternden Händen wähle ich diese Nr.und hoffe, dass sie da ist.
Ich muß wissen, was hier los war.
Und ich erreiche sie, erkläre aufgeregt meine Situation und die Lage, in der ich mich befinde.
Erst zögernd, dann ganz allmählich erzählt sie mir ihre Geschichte.
Frau Bauer hatte schon viele Jahre hier gewohnt, bis der Mann starb. Laut sei es immer ge-
wesen, aber dann, als sie allein war, wäre sie nur noch zum Schlafen gekommen.
Besuch einzuladen wäre unmöglich gewesen, man hätte nur auf einem Stuhl sitzen müssen.
Telefonate hätte man mitgehört, und gedroht sie aufzunehmen.
Zum Glück hätte sie ihren Schrebergarten und dort den Sommer verbracht.
Ansonsten sei sie viel zu ihren Kindern gereist.
Das sei hier eine schlimme Gesellschaft, fügte sie noch hinzu.
So traurig wie das ist, macht mein Herz einen Satz, als sie sich ohne Zögern bereit erklärt,
bei dem Kontaktpolizisten auszusagen. Ich nenne ihr vorab den Namen und danke ihr tausend-
mal.
Ich glaube es kaum.
Wir haben eine Zeugin!
Sofort spreche ich auf den Anrufbeantworter der Polizei, nenne Namen und Adresse der Vor-
mieterin. Die sollen sich selbst ein Bild machen und erläutere nur das Wichtigste:
Und jetzt wird mir auch klar, dass die Allbau AG davon wußte, ich also eine völlige Fehlbe-
legung bin.
Ich schreibe an die Nordsee-Zeitung und die Stern-Redaktion.
Ich muß publizieren, weil ich nun kämpfen muss.

Folgender Brief geht an die Zeitungen:

Sehr geehrte Damen und Herren,

ich kam vor ungefähr 6. Wochen aus beruflichen Gründen nach Bremerhaven,werde seit unserem ersten Einzugstag von türkischen Mitbewohnern terrorisiert.
Es gab insgesamt 6 Polizeieinsätze, Schriftverkehr mit der Allbau und Anwaltsschreiben, bis heute reagierte der Vermieter nicht.
Die Polizei tut ihr Bestes, doch wenn diese kommt, ist alles ruhig und es wird seitens der Peiniger "Schön Wetter" gemacht.
Der Kontaktpolizist ist äußerst aktiv, doch auch dieser kann keine Wunder vollbringen.
Man hat mir geraten wegzuziehen, ich sei Deutsche und passe nicht hierher, doch wo bitte soll ich hin im eigenen Land?
Ich betone, dass ich weder ausländerfeindlich noch faschistisch orientiert bin, ich habe selbst ein farbiges Kind und bin viel herumgekommen.
Bin aber auch alleinerziehend und berufstätig, brauche also mehr als 3-5 Stunden Schlaf, dies ist hier aber leider nicht möglich.
Laut Aussage des Hauswartes leben diese Türken hier seit 25 Jahren und seien bestens integriert. Mein Wellensittich, den ich seit 1 Jahr habe, ist besser integriert!
Bis heute hat die Hausverwaltung weder meine Wohnungstür ausreichend abgesichert, noch sich sonst gemeldet, meine Tochter und ich unterliegen ganz massiven Bedrohungen.
Da ich schreibe, anbei ein Aphorismen zu unserer Lage. Der Nordsee-Zeitung habe ich ebenfalls im selben Wortlaut geschrieben.
Falls Ihnen dieses Thema nicht zu heiß ist, bitte nehmen Sie Kontakt auf zwecks weiterer Info.

Mit freundlichen Grüßen

Und tief in meinem Inneren fühle ich, dass es etwas gibt, das unangreifbar ist:
Ein menschenwürdiges und unantastbares Leben, dass es zu verteidigen gilt.

Meine Tochter macht mir Sorgen. Sie schläft nicht mehr durch, sie hat Schlafstörungen und weint im Schlaf. Bei jedem kleinsten Geräusch wacht sie schreckhaft auf, also liegt sie nur noch bei mir, damit sie mich gleich findet.
Wir beschließen mit Matratzen im Wohnzimmer zu schlafen, irgendwo müssen unsere Peiniger ja auch liegen.
Insgesamt habe ich jetzt 7 Kg. Gewichtsreduzierung und fühle mich wie ein Klappergestell.
Rosa fragt mich nun jeden Tag ob Mohammeds mich umbringen, wenn ich sie an der Schule abgebe, wohin ich fahre und wann ich wiederkomme, obwohl sie weiß, dass ich zur Arbeit gehe und sie sicher abhole.
Jegliches Sicherheitsdenken ist in Frage gestellt.
Gegen 19.00 uhr bin ich kurz auf dem Balkon, der älteste Sohn Mohammeds zeigt mir vom gegenüberliegenden Parkplatz aus seinem Auto den Stinkefinger und sagt etwas derart Unverschämtes, dass ich sage:" Du mich auch!"
Da ist der Spaß für ihn aus und fährt wieder weg.
Ein mulmiges Gefühl beschleicht mich, da wird wieder etwas ausgeheckt.
Die Strafe ist im Anmarsch.
Ich bringe schnell beide Briefe zum Postkasten, ein Hauch scheinbarer Sicherheit lullt mich ein. Ich will die Öffentlichkeit informieren, es soll NIEMAND sagen, KEINER hätte etwas gewusst...

Gegen 20.00 Uhr bis 21.45 Uhr setzt schweres Balkontüren- und Fensterschlagen ein, dann folgen Bodenerschütterungen.
Ich bekomme plötzlich starke Kopfschmerzen.Ich nehme starke Schmerzmittel, überlege ob ich den Notarzt holen soll, doch meine Tochter wäre dann in der Fürsorge.
Sie hat als farbiges Kind schon genug auzustehen.
Also lasse ich es und denke, wenn es das war, dann war es das...

Gegen 22.20 Uhr wird gegen Wände geklopft, wieder setzt Fensterschlagen ein.
Das Theater geht bis 23.50 Uhr.

Lieber Gott, bist du aus dem Urlaub oder schon wieder weg? Wenn es dich TATSÄCHLICH gibt, BITTE, BITTE, BITTE, bleib jetzt bei uns! AMEN.

Bremerhaven, Sonntag, den 18.08.02

Gegen 3.00 Uhr morgens ein heftiges Türengeklingel.
Mit Fäusten schlagend bearbeitet Meister Mohammed unsere Wohnungstür und schreit:
"Du Idiot, mach die Tür auf, mach die Musik aus!"
Schlaftrunken erkläre ich ihm, dass wir schlafen und KEINE Musik haben.
Als er nicht aufhört zu schreien, hole ich die Polizei.

Und die kommt.
Ich sage ihnen, dass wir das nicht mehr aushalten und halte ihnen die ärztliche Bescheinigung unter die Nase. Die wollen sie gar nicht sehen.
Einer der Beamten, der mir mal zum Kaffeetrinken mit den netten Nachbarn geraten hatte, sagt jetzt nichts mehr. Er ist so klein, wie am ersten Schultag und sagt, ich solle unbedingt mit den Protokollen zum Gericht gehen, um in der Rechtspflegestelle einen Beschluss zu erwirken.
Ich weiß nicht, wie ich das jetzt alles bewältigen soll und möchte nur noch eines:
Schlafen, schlafen, schlafen.
Er sagt, dass er so nichts machen könne.
Ich denke, das darf nicht wahr sein. Die haben jetzt eine neue Masche:
Wir werden jederzeit aus dem Schlaf gerissen wegen angeblicher Ruhestörung.
Ich sage zu den Beamten:" Na, Prost Mahlzeit!"
Er sieht mich betroffen an und sagt, dass es ihm leid tut.
Ich glaube ihm, der andere Beamte sieht zu Boden und irgendwie wirken sie hilflos.

HILFLOS IN DEUTSCHLAND, denke ich und kann es nicht fassen.

Die Angst wird ab jetzt zu meinem einzigen und wichtigsten Motivationsfaktor.
Noch in dieser Nacht sammele ich an Unterlagen alles zusammen, was ich brauche um den Beschluss zu erwirken.

Es beruhigt ungemein, gut vorbereitet zu sein. Aber - ich reagiere nur noch.

Ab 10.00 Uhr startet wieder das übliche Terrorprogramm mit Heizungsklopfen und Türen-schlagen.
Wir verlassen die Wohnung und gehen zu unserer Zuflucht Meer, unser wirkliches ZUHAUSE.

Leider geben wir durch die viele Auswärtsesserei zuviel Geld aus, Sorgen, die das Leben nicht leichter machen. Aber auch eine Wut, die ich nicht ausdrücken kann. Entbehrungen die uns täglich aufgezwungen werden, gepaart mit Aggression und Bösartigkeiten. Dazu die personelle Übermacht, die mich ohnmächtig macht.

Ich entwickle ein Program.
Es heißt: Das Notfall-Überlebenstraining.

Wir kommen erst spät heim, es ist 21.20 Uhr, als in zehn-Minütigen Abständen gegen Wohn- und Kinderzimmerwände geklopft wird. Dann startet gegen 22.10 Uhr das Wäscheprogramm.

Es folgt heftiger Streit unter uns, Bodenerschütterungen folgen.
Ich komme nicht mehr zur Ruhe, bin nervös und fahrig und bin auf der Hut, nichts falsch zu machen.
Ich führe flüsternde Telefongespräche bis Jemand von unten schreit:" Ruhe da oben, du Idiot!"
Sie wissen genau, wo ich mich befinde und was ich mache.
Ich gehe in der Dunkelheit auf den Balkon, ich höre Schreie:" Du Schlampe, fick dich, ich mach Dich fertig!"
Ich denke, das darf nicht wahr sein.
Ich sterbe ab, verdränge Gefühle schon seit langem.
Bloß nicht nachdenken, Angst vor dem Verrücktwerden...Grenzen werden verrückt, was ist normal und was nicht? Ich weiß es nicht mehr.

Lieber Gott - ich hoffe, Du nimmst keinen Sonderurlaub mehr, ich halte das nicht mehr aus.
AMEN.

Bremerhaven,Montag, den 19.08.02

Ich verlasse das Haus früh gegen 7.00 Uhr und komme erst gegen 20.00 Uhr nach Hause, ein Bestandteil des Notfall-Überlebenstrainings: Nie mehr Regelmässigkeiten!

Ab 20.40 Uhr Türenschlagen, Möbelrücken und Heizungsrohrebearbeiten.
Schreie von unten als ich leise telefoniere.
Ötzka bearbeitet unsere Wohn- und Kinderzimmerwände ab 22.35 Uhr.

Irgendwann schlafen wir.

Bremerhaven, Dienstag, den 28.08.02

Mein Kopf ist leer und doch so voll, habe mir freigenommen und bringe meine Tochter zur Schule. Wir haben geschlafen und doch nicht geschlafen.
Warum sind Menschen so. Ich spüre, dass man nicht alles verstehen muß, denn was sie tun, ist krank.
Die Telefon-Nr. des Kontaktpolizisten und der örtlichen Polizeidienststelle habe ich jetzt immer dabei, auch wenn sie erst gar nicht hilft, sie hilft trotzdem...
Da es noch sehr früh ist, radele ich den weiten Weg zum Amtsgericht.
Eine ältere, freundliche Dame hört geduldig zu, sie wirkt sehr verständnisvoll.
Das einzige Problem: Ich brauche eine Mederigisterauskunft meiner Peiniger. Sie verweist mich auf die Stadtverwaltung/Meldestelle. Also fahre ich drei Kilometer zurück, wenn ich das gewußt hätte!!
Was hinzukommt, ungefähr 20 Leute sitzen schon da!
Ich spreche mit einer Frau in der Informationsstelle, schildere ihr kurz den Fall, worauf sie mich einläßt.
Wie froh bin ich, als ich endlich dort sitze und mein Anliegen schildere. Ich bekomme die schriftlichen Auskünfte und zahle 12.27 Euro, beschränke mich dabei auf die Peiniger im Erdgeschoss. Ich war auf diese Ausgaben nicht vorbereitet und wundere mich, dass ich dafür noch zahlen muss!
Menschen, die mir den Schlaf rauben und unser Leben zur Tortur werden lassen.
Ich fahre also wieder zurück zum Gericht, außer mir ist Niemand da.
Die nette Dame nimmt folgenden Beschluss auf:

In Sachen 1 Regina Adu und Rosa Adu gegen

A. Mohammed
C. Mohammed
E. Mohammed

wird den Antragsgegnern im Wege der einstweiligen Verfügung, und zwar wegen Dring- lichkeit der Sache ohne vorherige mündliche Verhandlung - bei Vermeidung eines für den Fall der Zuwiderhandlung vom Gericht festzusetztenden Ordnungsgeldes von bis zu 10.000 Euro oder von Ordnungshaft von bis zu 2 Monaten aufgegeben, es zu unterlassen, die Antragsteller zu beschimpfen und zu belästigen, diese zu verfolgen oder durch Bekannte verfolgen zu lassen.
Die Kosten tragen die Antragsgegner.

Begründung:

Wir sind am 28.06.02 in das Haus Boschstr. 5c in Bremerhaven gezogen. Bereits seit dem 1. Tag werden wir von den Antragsgegnern belästigt. Die Antragsgegner wohnen in der Wohnung unter uns. Nachts werden häufig Türen und Fenster zugeschlagen, es wird ge- schrien und gegrölt. Ich nehme Bezug auf das von mir gefertigte Tagesprotokoll.
Die Wohnungen sind sehr hellhörig. Die Antragsgegner scheinen immer zu wissen, wo wir uns in unserer Wohnung aufhalten, da sie genau an diesen Stellen gegen die Decke hämmern und klopfen. Wenn ich telefoniere wird häufig von untern gerufen,"nicht so laut" Wenn wir nachts zur Toilette gehen, wird ebenfalls gegen die Decke geklopft und gehämmert. Meine Tochter hat inzwischen aufgehört, Flöte zu spielen, da sie nicht üben durfte.

Drei Mal ist sogar unsere Deckenlampe heruntergefallen, bis wir sie endlich abgenommen haben. Seit 2 Wochen werden Belästigungen werden seit 2 Wochen immer schlimmer. Wir werden von Bekannten beobachtet und verfolgt.

Ich muss meine Tochter zur Schule, zum Musikunterricht und überall hinbringen und abholen, da sie große Angst hat. Der Antragsgegner zu 2 sitzt häufig auf der gegenüberliegenden Straßenseite. Schon 2 Mal hat er mich, als ich auf dem Balkon war, den Stinkefinger gezeigt und Beschimpfungen zu mir herübergerufen. Wegen der Vorfälle habe ich bereits öfters die Polizei gerufen. Wenn die Beamten gekommen sind, war sofort Ruhe. Einmal hat der Beklagte zu 2 gegenüber dem Polizeibeamten gesagt:

Jetzt mache ich erst richtig Krach. Er beschimpft mich auch ständig als Idiot.

Gegnüber meiner Vormieterin haben sich die Antragsgegner ähnlich verhalten. Sie ist schließlich ausgezogen, weil sie die Belästigungen nicht mehr ertragen konnte.

Duch den ständigen Terror bin ich inzwischen psychisch am Ende und musste mich in ärztliche Behandlung begeben. (siehe ärztl. Attest)

Der Erlass einer einstweiligen Verfügung ist daher dringend erforderlich.

Für den Fall, dass ein Termin anberaumt werden sollte, beantrage ich, die Ladungsfrist abzukürzen...

Ich unterschreibe, erleichtert und auch wieder nicht fahre ich Richtung " zu Hause" und schaffe es gerade noch, mein Kind pünktlich abzuholen.

Sie weiß, dass sie auf dem Schulgelände warten muss, da sie dann beaufsichtigt ist, ich bin IMMER unruhig.

Es passiert, dass viele bekannte Nachbarsjugendliche unserer Peiniger uns nachstellen, sobald wir in unsere Straße einbiegen. Mir wird der Stinkefinger gezeigt und läuft uns hinterher bis zur Haustür.

Eine Türkin, die sonst auf dem Balkon saß und uns beobachtete, sitzt nun direkt vor unserem Haus auf dem Rasen und beobachtet Rosas Kinderzimmerfenster.

Obwohl wir in der ersten Etage wohnen hat mein Kind Angst. Sie zieht die Vorhänge zu und sitzt im Dunkeln.

Also hole ich sie zu mir. Wenn es eben geht, verlassen wir das Spannungsfeld.

Als ich heute in der Haustür stehe, den Briekasten leere, rempeln mich türkische Jugendliche an. Sie lachen und schreien etwas Undefinierbares.

Ich reagiere nicht und gehe mit meinem Kind hoch.

Mein Anwalt schreibt noch am selben Tag folgenden Brief:

Sehr verehrte Fr. Adu,

mit durchschriftlich anliegendem Schriftsatz haben wir uns an die Allbau AG gewandt.

Wir überlassen es Ihnen, ob Sie ab September die monatliche Miete um 20% mindern, möglicherweise ergibt sich im Falle einer Minderung zwischen Ihnen und der Allbau AG ein Rechtsstreit.

Wir empfehlen Ihnen dringend, dass Sie das Mietverhältnis - aus Sicherheitsgründen vielleicht auch fristgemäß - kündigen.

Zwar haben wir nicht die geringsten Zweifel an den von Ihnen gefertigen Lärmprotokollen und den dortigen Vorfällen; sie werden jedoch große Probleme haben, dieses zu beweisen, da außer Ihnen niemand zur Verfügung steht.

Bitte halten Sie mich auf dem laufenden.

Folgendes FAX geht an die Allbau AG:

Sehr geehrte Damen und Herren,

ausweislich in Ablichtung anliegender Vollmacht bittet uns Ihre Mieterin, Fr. Regina Adu,
um weitere Interessenvertretung
bisherige Korrespondenz der Mandantin, insbesondere mit Schriftsätzen vom
13.07. und 24.07.2002, nehmen wir Bezug.
Zunächst überreichen wir in Kopie die von unserer Mandantin überwiegend handschrift-
lich - aber dennoch lesbar - gefertigten Lärmprotokolle.
Auf den Inhalt nehmen wir Bezug: die Protokolle beziehen sich auf den Zeitraum vom
13.07. bis zunächst 16.08.02. Es kam zu unerträglichen Lärmbelästigungen insbesondere
durch die Untermieter der Wohnungen Fam. Öztka und Fam. Mohammed.
Es handelt sich hier um türkische Familien, die offenbar sich in keinster Weise an die
Hausordnung halten, insbesondere auch nachts wegen günstiger Strompreise die Waschmaschine durchlaufen lassen und vor persönlichen Beleidigungen unserer Mandantschaft
nicht zurückschrecken.
Wiederholte Polizeieinsätze haben zu keinem Ergebnis geführt, da die Ruhestörung sich
beim Eintreffen der Polizei sofort in ihre Wohnungen zurückziehen, die Türen nicht öffnen
und bewußt ruhig verhalten.
Wir fordern sie auf, auf diese Mieter einzuwirken und sicherzustellen, daß ab sofort die
Hausordnung eingehalten wird und insbesondere nächtliche Ruhestörungen, Türenschlagen
und laute Musik unterbleiben.
Sollte sie das Verhalten der Mieter nicht ändern, wird die Mandantin ab September die mo-
natliche Nettomiete zunächst um 20% mindern und alsdann stufenweise die Minderung
erhöhen, sofern die Ruhestörung weiterhin anhält.
Darüber hinaus behalten wir uns vor, das Mietverhältnis fristlos zu kündigen.
Schadensersatzansprüche bleiben im übrigen ebenfalls vorbehalten; wir sehen hier eindeu-
tig Verstöße gegen die Vollständigkeit und Richtigkeit von Prospektangaben.
Uns liegt ihr Prospektmaterial"Farbakzente für ein schönes Wohnerlebnis vor".
Die dortigen Angaben entsprechen nicht ansatzweise den tatsächlichen Verhältnissen.
Die durch einen event. Umzug notwendigen Kosten werden wir geltend machen.

Seit 13.35 Uhr wieder Türenschlagen und underfinierbares Geschreie aus der Wohnung Mohammeds. Als 14.30 Uhr schwere Bodenerschütterungen einsetzen, flüchten wir ins nahegelegene Freibad, nicht weit, aber waldiges und abgelegenes Gelände.
Also nehmen wir den weiten Umweg über die Hauptstraße und fahren im Kreis durch eine ruhige Eigenheimsiedlung.
Als wir endlich dort sind, deponieren wir unsere wenigen Wertsachen beim Bademeister.
In unmittelbarer Nähe suchen wir wieder einen schattigen Liegeplatz, der uns gleichzeitig zeigt, wer hineinkommt.
Wenig später stehe ich am Beckenrand und beobachte mein Kind, plötzlich sehe ich den Sohn Yildrims, der über uns wohnt und den jüngeren Sohn Mohammeds, der noch im Haushalt lebt.
Beide ca. um die 18 Jahre alt stehen dort und grinsen mit Stinkefinger bewaffnet zu mir und meinem Kind. Rosa hat mittlerweile einen wachen Instinkt entwickelt, entdeckt sie und kommt sofort aus dem Wasser.
Ich sehe das gar nicht ein. Wut packt mich und gehe schnurrstracks zum Bademeister.
Der macht wieder kurzen Prozess und schickt Beide zum Ausgang.
Mittlerweile kennt er sie gut, au weiha, denke ich.

Au weiha auch, als ich abends heimkomme und ein völlig verdrecktes Flupodest vorfinde.
Aber auch das sehe ich nicht mehr ein.
Ich spreche auf den Anrufbeantworter des Hausmeister-Notdienstes der Allbau und - lasse alles so wie es ist.

Später informiere ich den Kontaktpolizisten ebenfalls per Anrufbeantworter, auch dass der gerichtliche Beschluss beantragt sei.
NIE WIEDER werde ich den Balkon putzen oder den Flur.
Nette Fotos werde ich machen und sonst GAR NICHTS.

Es reicht, es reicht, es reicht.
Wofür zahle ich eigentlich Flurreinigung?

Ab 21.20 Uhr geht es wieder mit dem Programm von Türen- und Fensterschlagen los, bis 22.25 schließlich Familie Ötzka gegen Wohn- und Kinderzimmerwände klopft.

Sie scheinen noch nicht zu wissen, wo mein Kind jetzt schläft.

Bremerhaven, Mittwoch, den 21.08.02

Selbstverständliches Wecken um 4.00 Uhr, bis 7.00 Uhr Fenster- und Türenschlagen.
Wir verlassen das Haus mit Kopfschmerzen.
Irgendwie übersteht mein Kind Schule und ich den Arbeitstag. Verdrängung verlangt Ablenkung, also leiste ich was das Zeug hält.
Wenn schon eines nicht klappt, die Leistung stimmt. Ausgeprägtes Verlangen nach Bestätigung versucht der täglichen Demütigung Herr zu werden.
Doch das klappt nicht, nicht ganz.
Sobald ich in unseren Ortsteil einbiege und das ängstliche Gesicht meines Kindes sehe, ist alles wie ausgelöscht.
Eine andere Welt, ein schreckliches Leben.
Als wir zurückkommen, sitzt wieder die Türkin unter unserem Fenster.
Sie beobachtet uns seit Wochen.
Hat sie nichts anderes zu tun?

Mal sehen, ob sie da noch sitzt, wenn der Gerichtsvollzieher dem Anführer Mohammed den gerichtlichen Beschluss unter die Nase hält.
Das müßte morgen sein.
Ich habe ein wenig Hoffnung, nur - lassen die sich disziplinieren?
Manchmal sind auch die Höhen tiefer....
Ich denke über zusätzliche Schutzmaßnahmen nach, die Angst in mir ist ein zusätzlicher Antriebsmotor und versuche, mich in sie hineinzuversetzen.
Ich werde sie austricksen müssen...
Was könnten sie noch tun?
Yildrims, Ötzka und Mohammed scheinen gut zu harmonieren, das zeigt der Terror.
Wobei Mohammed der große Vorbeter zu sein scheint, nachmittags sehe ich ihn des öfteren mit dem Choran auf seinen alten Mercedes zugehen. Der Parkplatz ist vom Küchenfenster aus gut zu sehen..
Hr. Yildrim räumt sogar seinen Kofferraum aus und scheint zu dienern, was das Zeug hält.
Ötzkas haben den örtlichen türkischen Laden, wo Hr. Mohammed die Kasse bedient.
Aha, denke ich.
Meine Tochter hat geschworen, dort NIE ihre Kaugummis zu kaufen, obwohl alle ihrer Mitschülerinnen dort ihr Taschengeld lassen.
Die Schule ist schräg gegenüber und auch das beunruhigt mich.
Mir fällt ein, dass der alte Yildrim sich neulich dort herumgetrieben hat.
Ich frage mich, was ein Moslem auf dem Schulgelände einer christlichen Schule macht...
Das beunruhigt mich und informiere den Kontaktpolizisten.
Rosa hat genaue Anweisungen, morgens steht jetzt immer ein Polizist vor der Schule und wartet auf uns.
Ich hole sie dann ab, bringe sie zum Chor, hole sie, bringe sie zum Jugendhaus, hole sie usw.
Meine Kräfte sind erschöpft, Gespräche, Arztbesuche, Gespräche, B12 Injenktionen , die künstlich den Hunger anregen, halten eine scheinbare Sicherheit aufrecht.
Für ein Kind sieht das Gesetz nichts vor.
Ich besorge Multi-Sanostol und koche Bübchen-Beruhigungstee.
Mir hilft das nicht und ich bilde mir ein, dass es ihr hilft.
Wir sind tagsüber kaum noch zu Hause.
Entweder direkt von der Schule ans Meer, ins Schwimmbad oder anderswo.
Aber jeden Tag woanders.
Keine Regelmässigkeiten mehr.
Heute seit 19.30 Uhr wieder im Haus.
Der Flur ist gereinigt, na siehste, klappt doch.
Mein Fernsehprogramm kann ich vergessen, ich müßte so laut stellen, dass meine Tochter gar nicht mehr zur Ruhe käme.
Die nächste Horrorbotschaft:
Die gegenüberliegende Wohnung auf meiner Etage wird vom jüngsten Sohn Mohammeds bezogen. Ein Wahnsinn!
Was macht die Allbau da bloß?
Jetzt werden auch hier die Türen ohrenbetäubend geknallt.
Mir ist klar, dass wir ab jetzt Nur Noch Überleben.

Bremerhaven, Donnerstag, den 22.08.02

Mohammed Junior setzt das nette Türenknall-Spiel jetzt auf meiner Etage fort.
Er hat die Wohnung TATSÄCHLICH.
Doppelter Wahnsinn!
Ich finde am Mittag eine Kopie des Gerichtsbeschlusses vor.
Also war der Gerichtsvollzieher da, er ist nicht frankiert sondern nur eingelegt.
Wird sich etwas tun?
Tagsüber ist es ruhig,ich bleibe zu Hause und - lege mich mit meinem Kind ins Bett.
Wir sind völlig erschöpft.
Unheimliche Ruhe, denke ich. In den alten Bäumen sitzen schwatzende Elstern, die wir
jetzt das erste Mal zwitschern hören.
Eigenartige Stille.
Ich gehe zum Telefon und schaue nach, ob die Notruf-Nr. dort liegt.
Die Tür ist mit der Kette abgesichert, wieder gehe ich ins Bett.
Wie schon lange nicht mehr, schlafen wir ruhig ein
Es ist später Nachmittag als ich aufwache.
Ich denke mir, dass sich allein für EINEN RUHIGEN NACHMITTAG der Beschluss schon
gelohnt hat. Mein Kind schläft immer noch, obwohl es schon 18.00 Uhr ist.
Ich lasse sie, man weiß nie, wie die Nacht wird und tapse ganz leise in die Küche.
Da wir selten zu Hause sind, ist kaum Essbares da. Ich finde Nudeln und eine Dose Fisch.
Ich koche ohne Geräusche zu machen.
Nichts soll diese Ruhe stören. Nichts schwöre ich mir.
Als ich fertig bin, steht mein Kind in der Küche und flüstert:" Mama, ich habe geschlafen!"
Für sie ist das wie Weihnachten.
"Ich auch", sage ich.
Wie seit langem nicht mehr, sitzen wir am Tisch und essen ZU HAUSE.

Das beste Essen der Welt, finden wir.
Ich habe noch einen Liter H-Milch und koche Pudding.
Die Augen meiner Tochter leuchten.
Das war wie Weihnachten und Ostern zusammen, finde ich.

Trotzdem geht es 19.45 Uhr wieder los. Diese Mal Geräusche wie Steine durch eine Metall-
spüle. Man macht sie große Gedanken .
Mein neuer Nachbar knallt jetzt im Duett auch seine Wohnungstür, aber wie!
Junge türkische Leute gehen dort ein und aus. Mir fällt auf, dass diese auch bei Mohammeds
ein- und ausgehen, der Choran wird im Chor rauf - und runtergebrüllt.
Flöte ist nichts dagegen, denke ich.
Ist das Allahs Nachwuchs oder eine gezüchtete Al-Kaida Quelle?
Gegen 21.30 Uhr dumpfe laute Stöße gegen die Wohnzimmerwand, lautes Geschreie, hört
sich unheimlich an.
Später viel zu laute Musik unter unserem Schlaf- und Kinderzimmer.
Wir bleiben nur noch im Wohnzimmer. Irgendwo muss der Peiniger sich ja auch ausruhen.

Dabei hätte alles so schön sein können, die ruhigen Stunden am Nachmittag sind wie weg-
geblasen.

Schade.

Bremerhaven, Freitag, den 23.08.02

Als ich mit Rosa in unsere Straße einbiege, merke ich,dass drei türkische Jugendliche uns verfolgen. Wir steigen von den Rädern und gehen zügig weiter. Ich sehe mich um und versuche,
sie genau zu beobachten, will im Notfall gute Zeugenaussagen machen können. Dem Einen
paßt das gar nicht und legt Tempo zu, dann schreit er etwas auf Türkisch während die Anderen mir den Mittelfingern zeigen. Es ist Mittagszeit und Niemand auf der Straße.
In 50 m Entfernung sehe ich zwei Damen schwatzend mit ihren Rädern stehen. Ich steige mit
Rosa aufs Rad und fahre mit ihr auf dem Gehweg.
Die Burschen rennen hinter uns her was das Zeug hält.
Wir schaffen das. Kurz vor den Damen halten wir und ich frage sie:" Kennen Sie die Burschen
da drüben?", und zeige auf die in 10m Entfernung stehenden Türken.

Die merken, dass sie beobachtet werden und während alle drei in bewachsenes Gelände aus-
strömen, sagt eine der Älteren:" Das sind die Kriminellen, junge Türken hier, alles schlitzen sie
kaputt, Autoreifen, alle vier von unserem Sohn. Selbst Räder müssen im Keller eingeschlossen
werden, und auch Keller werden aufgebrochen. Die wohnen hier irgendwo und machen die
Gegend unsicher!"
Sie kennt die Namen nicht, aber sie seien in der Gegend bekannt.
Ich danke den Beiden, habe mich wieder etwas beruhigt und gehe schnellstens heim.
Wir sind nassgeschwitzt und das Herz kopft uns bis zum Hals.

Am Nachmittag ruft der Kontaktpolizist wieder an. Er hat mit unserer Vormieterin gesprochen.
Ich kann einfach nicht mehr und heule drauf los.
Der Schlafentzug der letzten Wochen, die Schikane, mein leidendes Kind, der Erfolgsdruck
auf der Arbeitsstelle, dazu kein richtiges Zuhause.
Das ist zuviel und kann mich nicht mehr beruhigen.
Irgendwie schafft Hr. Fischer, der einfühlsame Polizist aber doch, mich zum reden zu bringen.
Er stellt Fragen nach dem richterlichen Beschluss und will ihn durchgefaxt haben.
Ich teile ihm mit, dass ich das Haus nicht verlassen kann.
Meine Knie sind butterweich, der Kreislauf macht schlapp.
Frühestens morgen sage ich ihm, vom Arbeitsplatz aus, ich müsse mich auch um mein Kind
kümmern, sie ist still und sagt nichts mehr.
Da ist Ruhe in der Leitung.
Er will nochmals mit der Allbau AG reden zwecks kostenfreiem Umzug, in solchen Fällen
müßten die zahlen außerdem Klartext mit Mohammeds.
Ich solle mir keine Sorgen machen. Dann verabschiedet er sich, er will sich wieder melden.
Ich sage nichts mehr.
Keine Spontanität, wir sind im Niemandsland.
Nichts mehr raus und nichts mehr rein, der liebe Gott ist doch auf Sonderurlaub.
Ich gebe auf und gebe mich auf.
Das Standard-Abendprogramm läuft wieder an, nur mit dem Unterschied, dass ab 0.10 Uhr
die Waschmaschine läuft und ab 0.30 Uhr über uns gebadet und der Duschkopf in die Wanne
geknallt wird.
Dann wird Wäsche mit der Hand gewaschen.
Ich schwöre, dass ich beim nächsten Polizeieinsatz mit gepackten Sachen dort stehe,
und sage, dass sie uns mitnehmen sollen, egal wohin nur sicher und ruhig.
Es entzieht sich alles meiner Kontrolle, die Verantwortung fü uns kann ich nicht mehr über-
nehmen.
Und ich weiß:

DAS LAUTESTE SCHWEIGEN IST DAS, WAS SCHON GESAGT WURDE.

Bremerhaven, Samstag, den 24.08.02

Ab 4.15 Uhr geht unter uns in der Küche ein Heidentheater los, mit den Töpfen wird geklappert während lautstarke Diskussionen das Ganze abrunden.
Dann wird gestaubsaugt und Wäsche gewaschen.
Haushalt ist angesagt.
Meine große Tochter ist gestern abend noch gekommen. Sie hat nicht immer jedes Wochenende frei, aber sie ist mir eine große psychische Entlastung. Rosa hat dann Abwechselung und Beistand, den ich ihr nicht mehr intensiv geben kann.
Ich habe nichts mehr zu geben.
Isabel, meine Große, ist 1.80 m groß, von athletischer Figur, sportlich und nicht auf den Kopf gefallen. Sie wird das Leben schaffen, das weiß ich.
Um 9.30 Uhr geht das Baustellengehämmer wieder los.
Wir verlassen das Haus und sind jedesmal froh, wenn wir heile durchs Erdgeschoss kommen.
Das Problem ist nur, dass wir jedesmal die Räder aus dem Keller holen müssen.
Dann beeile ich mich wie verrückt, habe Herzrase und Kurzatmigkeit, außerdem stehen meine Kleine und ich Todesängste aus.
Heute ist meine Große dabei.
Eine ältere Deutsche, die in der 3. Etage wohnt, meint zu mir, dass ich den Keller putzen müsse, ich sage ihr, dass ich gar nichts mehr müsse.
Ich verabschiede mich freundlich.

Wir fahren zum Meer, ein wunderschöner Sonnentag, anschließend lade ich meine Große am Fischereihafen zum Essen ein. Dort ist wieder Musik unter freiem Himmel.
Erst gegen 22.00 kommen wir wieder heim.
Meine Kinder helfen mir, wo sie können und ich haben Schuldgefühle, weil ich ihnen Sorgen bereite..
In der Nacht setzt Schlagen gegen Heizungsrohre in der Küche ein, außerdem lautstarke Diskussionen unter unserem Wohnzimmer.
Sie scheinen jetzt zu wissen, wo wir uns aufhalten

Also gehe ich des öfteren über den Flur und durch das Kinderzimmer.
Dort bleibe ich.
Sofort setzt starkes Klopfen unter dem Fussboden ein.
Ein guter, systematischer Terror.

Bremerhaven, Sonntg, den 25.08.02

Die Folgen permanenten Schlafenzuges fordern ihren Tribut.
Es könnte zu meinem größten Feind werden.

UNKONZENTRIERTHEIT

Fehler, die nicht, NIEMALS passieren dürfen.
Diese Erkenntnis verunsichert mich zutiefst.

Mein Kopf schmerzt und fühlt sich an wie ein Ballon, Vacuumgefühl.
Um 10.50 Uhr startet intensiv lautes Gehämmer in der Küche, synchron werden Türen
und Fenster geschlagen.
Wir verlassen das Haus und fahren zu unserer Zuflucht Meer.

Hier sitze ich wie besinnungslos an einen Zaun gelehnt, der den zahlungspflichtigen vom
ungepflegten Strand trennt.
Ich zahle drauf und weiß wofür. Bewachung hat ihren Preis aber Durchatmen, Loslasse ist
für uns nicht mehr drin.
Mein Kind weicht mir nicht mehr von der Seite, selbst meine Große hat Mühe sie abzulenken.

Eine ältere, freundliche Dame sucht Kontakt und spricht uns an.
Wir werden abgelenkt und es gelingt, ein klein wenig Abstand zu gewinnen.
Mir erscheint die Freundlichkeit dieser Frau unwirklich und bewahre Sicherheitsabstand.
Haben wir uns so weit entfernt?
Später geht sie und sie tut mir leid.
Gestört zu sein hat etwas Beruhigendes:WER will uns noch verletzen?

SPRACHLOS

im Niemandsland,
betäubt
voller Schmerz,
teilnahmslos
vom Leben losgelöst
aus Distanz.

Sprachlos,

tiefe Einsamkeit,
ein Leben,
das an mir vorbeizieht
wie der Fluss,
aus dem du mich verbannst
trotz
meiner Mühen,
meiner Geduld,
meiner Liebe zu dir.

Sprachlos

reduziert
ist meine Existenz
auf ein Minimum
ohne Freude,
ohne Liebe,
ohne Sinne,
keine Farbe,
kein Duft.

Sprachlos,

irgendwo
ein Motor,
der das Leben
aufrecht erhält.
Eine Spur von Instinkt,
der den Glauben an das Leben
nährt.
Mit der Zeit
den Körper mit Wärme erfüllt,
Leben einhaucht und den Puls bewegt.

DENN DAS LEBEN GEHT WEITER,
sprachlos.

Ein kleiner Hauch von Regeneration umgibt mich, aus Freude darüber kaufe ich uns ein großes Eis. Was meine Kinder nicht wissen: Mir schmeckt schon lange nichts mehr.

Meine bemühte Hausärztin, die mit B12 ihr Bestes tut, weiß nichts davon.
Nur mit Mühe halte ich mein Gewicht und versuche, nicht noch mehr abzunehmen.
Ich esse nur noch mit Widerstand, damit der Motor läuft.
Aus dem Kopf heraus.
Meine Kleine, die ständige Begleiterin hält mich am Überleben .
Sie spürt das und wirkt hilflos.
"Mama, ich brauche Dich so", sagt sie und schlingt ihre kleinen Arme um meinen Bauch.
Ich verspreche ihr eine weitere Überraschung. Gewissensbisse, Schuldgefühle zwingen zu materiellen Übertreibungen.
Rosa ist nicht verwöhnt, aber in diesen Wochen hat sie viele Extras bekommen.
Wirklich freuen kann sie sich aber nicht, sie spürt, dass etwas nicht stimmt.

Sie will mich so wie ich immer war.
NUR DAS will sie und sonst nichts.

Wir bringen meine Große wieder zum Bahnhof, besorgt guckt sie mich an und sagt:
"Mama, Du bist so still!"
"Alles wird gut", sage ich und nehme ihr Gesicht, küsse sie und verspreche, jeden Abend anzurufen.
Sie ist tapfer und nickt, meine Kleine fängt an zu weinen, der große Halt ist weg.
Ich weiß auch nicht mehr weiter.

Als wir gegen 18.10 Uhr heimkommen, werden Tennisbälle gegen die Wohnungstür im Erdgeschoss geworfen, diese ticken auf dem Holzfussboden nach.
Wahnsinnig laut, haben die keinen Teppichboden?
Wie halten die das aus?
Ab 20.50 geht wieder Türenschlagen und Stockschlagen unter Fussböden los bis 22.05.
Ötzka ist bereit zur Ablöse und schlägt gegen die Wohnzimmerwand.
Dann zieht Mohammed ab 22.35 Uhr sein Waschprogramm durch.

Es hat sich nichts geändert, der Beschluss hat nicht gewirkt.
Ich bin ratlos, aber nicht wirklich überrascht.
Auch der Gemeindepfarrer hat sich nicht gemeldet. Diese Pfarrer, sie reden und reden und sonst NICHTS.

Alleingelassen und vergessen.

Bremerhaven, Montag, den 26.08.02

Wieder beginnt der Tag pünktlich um 4.00 Uhr. Ein Riesenruck und schon sind wir hellwach.
Doch irgendwie schlafen wir vor Erschöpfung wieder ein.
Meine Kleine krallt sich dermaßen an mich, dass es weh tut.
Mein Herz jagt wie verrückt.
Lieber Gott,
wie lange noch? Ich bin so tot wie man nur sein kann, ohne Leben, ohne Geschmack.
Es ist mir völlig egal was ich anziehe, esse oder sonst tue.
Alles geschieht nur noch aus purer Notwendigkeit.
Überlebens-Instinkt.
Amen.

Meine Arbeit hilft mir zu entfliehen. Es ist eine andere Welt, hier werde ich gemocht, und der
Erfolg gibt mir recht. Nur leider schlecht bezahlt.
Dafür kann ich dem Stundenplan gerecht meine Arbeitszeit legen, wo kann man das noch?
Ich backe kleine Brötchen, in JEDER Hinsicht.
In der Mittagshitze haste ich dann quer durch Bremerhaven um mein Kind rechtzeitig abzu-
holen. Bin dann völlig ausgelaugt und mache jedesmal einen inneren Erlösungsseufzer, wenn
ich Rosa sehe.
Alswir gegen 14.00 Uhr das Haus betreten wird sofort die Musikanlage aufgedreht.
Es ist so laut, dass wir es auch im Wohnzimmer nicht mehr aushalten können.
Also laden wir nur unsere Sachen ab und nehmen den gepackten Schwimmbeutel, der neuer-
dings immer im Flur steht und gehen sofort wieder.
Wir flüchten über einen anderen Umweg, dieses Mal beim Friseur vorbei, ins Schwimmbad.
Wieder suchen wir uns ein Schattenplätzchen in der Nähe des Bademeisterhäuschens und
nehmen Kontakt mit einer Mutter auf, die ebenfalls mit Kind allein ist.
Nach 15 Minuten entdecken wie wieder Yildrim Junior, er steht mit anderen türkischen Jungen
dort und beobachtet uns.
Aber man läßt uns in Ruhe, außerdem bin in nicht allein dort. Zeugen kann man nicht gebrau-
chen und - nach den letzten Rauswürfen durch den Bademeister wird das Eintritt zahlen wohl
doch zu teuer.
Auch der steht schon in der Halb-Acht-Stellung, der kennt seine Pappenheimer...
Rosa wirkt schon wieder wie angespannt.
Die gleichaltrige Tochter der Mutter lenkt sie ein wenig ab, sie plappert und plappert.
Ich bin so dankbar.
Ein wenig Alltagsnormalität und Abstand für uns Beide.
Gegen 20.00 Uhr kommen wir zurück.
Familienterror bei Yildrim.
Gestampfe, Geschreie , weiße Farbe kommt puderzuckerweise von der Decke.
Es scheint, dass dort 12 - 15 Leute sind und ich frage mich, wie die das aushalten?
Als die gegen 22.00 Uhr das Haus verlassen, wird kräftig gestaubsaugt, Teppiche wieder
über unserem Balkon ausgeschlagen.
Essensreste und Papiertücher landen wieder bei uns. Meine Blumenkästen habe ich nie
aufhängen können, eigentlich schade.
Ich hatte sie extra für diesen Balkon mit einer speziellen Halterung gekauft.
Ab 22.05 gibt es diese entsetzlichen Geräusche wie Steine in Metallspüle .
Der Terror endet heute schon gegen 23.00 Uhr.
Ich fege doch noch meinen Balkon. Ich kann das nicht mitansehen, außerdem kommen bei
der Hitze Fliegen von den Essensresten.
Ich mache das einfach ohne Nachzudenken.

Bremerhaven, Dienstag, den 27.08.02

Ein dumpfer Aufprall im Wohnzimmer, Mist, die haben begriffen, wo wir jetzt schlafen!
Wann und wo schlafen die eigentlich?
Ich fahre wie immer meine Kleine zur Schule, liefere sie dort ab und warte bis sie im Schul-
gebäude ist.
Auch wenn dort jetzt immer ein Polizist steht - Ich warte.
Dann fahre ich los, stoppe in der Fußgängerzone in der Innenstadt und pausiere.
Ich schaffe es nicht mehr, in einem durchzufahren.
Die Anspannung ist zu groß, jedesmal wenn ich hier sitze, ist die Hälfte der Miete geschafft,
heile das Kind abzuliefern und - hier zu sitzen.
Mohammeds, Yildrims und Ötzkas haben Autos, nicht auszudenken, sollten sie uns nach-
stellen.
Aber die vielen Polizeieinsätze und nicht zuletzt auch der Beschluss scheinen - und das
hoffe ich sehr - Verunsicherung hervorzurufen.
Also sitze ich hier jeden morgen, ich habe noch etwas Zeit, trinke meinen Kakao und bilde
mir ein, dass es hilft.
Unterwegs begegne ich regelmäßig einer Polizeistreife. Die meisten Beamten kenne ich,
sie sind freundlich und grüßen.
Es ist schon erstaunlich, bis vor wenigen Wochen hatte ich NIE Kontakt zur Staatsmacht,
mittlerweile kennen wir uns gut.
Selbst mein Kind hat da keine Berührungsängste mehr, der Dorfsheriff redet mit ihr immer
dann, wenn er sie im Jugendzentrum trifft.
Er meinte mal zu mir, sie sei ein sehr aufgeschlossenes und freundliches Kind.
Nur, das ist sie jetzt nicht mehr.
Sie reagiert zurückhaltend.
Am frühen Nachmittag ruft der Zweigstellenleiter der Allbau Ag Hr. Riedel an.
Sie hätten den richterlichen Beschluss erhalten, außerdem habe Hr. Fischer, der Kontakt-
polizist dort vorgesprochen.
Familie Mohammed sei dort vorgeladen worden. Man habe eine ärztliche Bescheinigung
bezüglich der Fr. Mohammed vorgelegt, demnach sei sie nervenkrank.
Im übrigen würde meine Tochter Flöte spielen und meine erwachsene Tochter mich besu-
chen...
Ich halte das nicht aus und erkläre ihm, dass ich hier unmöglich bleiben könne!
Die können machen was sie wollen - auch mit uns...
Er sieht das auch so.
Keine Chance, man werde mir eine andere Wohnung vorschlagen und EVENTUELL die
Kosten für den Umzug übernehmen, schnellstmöglich...
Er nennt mir den Namen eines dafür zuständigen Sachbearbeiters..
Damit liegt wieder alles in meinen Händen.
Ich muss einen Umzug organisieren, vorher vielleicht eine Wohnung renovieren und so
weiter...
Als ich den Hörer auflege, heule ich drauf los .
Anschließend koche ich den stärksten Kaffee meines Lebens, nehme einen Block und fange
an, zu planen.
Ein großer Berg türmt sich auf, ich bin so geschwächt, dass ich mir alles vorstellen kann.
Nur keinen Umzug. Dabei sollte ich froh sein, Bewegung kommt in die Sache.
Ich erkläre meiner Kleinen, dass wir bald von hier wegkommen.
Große erstaunte Augen sehen mich an, aber ich kann keine Erleichterung feststellen.
Bis sie dann sagt, schlimmer könne es ja nicht werden.
Mein Gott!, denke ich.

Noch am Abend fange ich an, Platikboxen, die auf den Schränken liegen wieder zu füllen, obwohl ich nicht weiß, wohin.
Koffer werden mit Wäsche aus Schränken wieder auf leeren Schränken verstaut.
Die Zimmer sind so klein, dass es nicht anders geht.
Ich spüre, dass der Ernstfall eintritt, so muß es bei Kriegsausbruch gewesen sein.
Ich bin im Krieg.
Unter uns wohnen Irre, die über jegliche, freie Gewalt verfügen können.
Und das - per Gesetz.
Ich muß gut planen, damit ich JEDERZEIT diese Wohnung verlassen kann.
Das schafft Druck, zusätzlichen Druck.
Da wir drei Zimmer gar nicht mehr bewohnen, fange ich hier an, einzuräumen.
Tief in der Nacht notiere ich noch wichtige Termine, außerdem An- und Abmelden von Strom, Telefon und so weiter.
Es ist beruhigend, gut geplant vorbereitet zu sein und schafft Platz für spontane Handlungen.

Ich nehme mir vor, bei der Bank vorzusprechen, brauche einen Dispo.
Unser Leben auf der Flucht ist kostenintensiv.
Wir können hier nicht mehr kochen oder uns sonst lange aufhalten.
Außerdem weiß ich nicht wie die neue Wohnung aussieht, nur Eines steht fest:
So billig wie möglich!
Lärm um uns herum nehme ich nicht mehr wahr.
Es ist eine Zeitfrage, das ist eine kleine Erleichterung.
Gegen 1.30 Uhr lege ich mich zu meinem Kind, die ist sofort wieder wach.
Lieber Gott, bist du noch auf Sonderurlaub oder schon wieder weg?
Ich danke dir, dass etwas geschieht, ich weiß nur nicht, wie ich das schaffen soll.
Also beweg deinen Allerwärtesten und hilf mir...

Bremerhaven, Mittwoch, den 28.08.02

Gegen 2.00 Uhr wird wie verrückt gehämmert, ich nehme Klosterfrau-Beruhigungskapseln und bilde mir ein, dass es hilft.
Irgendwie döse ich ein, bis wir mit einem Ruck um 4.00 Uhr geweckt werden.
Vielleicht habe ich zwei Stunden geschlafen, ich weiß es nicht.
Leise gehe ich in die Küche.
Ich räume Geschirr aus den Schränken und lasse nur das Nötigste auf dem Ofen stehen.
Dann nehme ich Bilder von den Wänden und stelle sie ins Kinderzimmer.
Das ist der größte Raum.
Ich nehme mir vor, die Umzugskartons hier zu lagern, das müßte gehen.
Wir essen Corn Flakes mit Milch und verlassen das Haus um 7.20 Uhr.

Als wir heim kommen, geht wieder ein Riesenlärm mit Rap-Musik los.
Ich nutze diesen Lärm und gehe in den Keller, nehme in aller Eile gefaltete Umzugskartons und haste wieder in meine Wohnung.
Der Kellergang ist ein psychischer Folterakt, man weiß nie, was passiert.
Gegen 13.45 Uhr landet wieder eine Ladung Müll auf meinen Balkon.
Sind die hier ALLE nervenkrank?

Ich lenke mich mit Arbeit ab, Rosa wickelt Gläser und Geschirr in Zeitungspapier.
Arbeit ist eine gute Beschäftigungstherapie - nur leider - Probleme löst sie nicht.

Der Höllenlärm wird so laut, dass ich die Polizei rufe.

Da der Lärm so laut ist, bemerkt Niemand, dass Beamte im Haus sind.
Selbst der Spionagedienst vonYildrim hat versagt.
Oder garantiert eine Bescheinigung Narrenfreiheit?

Ich sage den Beamten, dass sie uns mitnehmen sollen, wir können das nicht mehr.Sie sehen meine Aufbruchstimmung und ich erkläre Ihnen, dass wir packen, nur nicht wissen, wohin die Reise geht.
Es ist alles so chaotisch, dass wir völlig durcheinander sind.
Da uns keiner am Hals haben will, setzen sie ein Zeichen.
Sie erstatten Anzeige.
Verweisen mich zum zuständigen Gericht bezüglich einer Ordnungsstrafe aufgrund Zuwiderhandlung, doch das hilft mir jetzt gar nicht.
Ich halte ihm MEINE ärztliche Bescheinigung unter die Nase und bitte eindringlich um Schutz.

Das berührt ihn sehr als ich tränenüberströmt vor ihm stehe. Mein Kind hält mich engumschlungen fest.
Ich reiße mich wieder zusammen und beruhige sie.
Er nimmt sein Funkgerät und fordert Zivilstreife an.
Das beruhigt uns tatsächlich.
Sofort gehen die Beamten ins Erdgeschoss, wo wieder Niemand öffnet.
Endlich, nach längerem Klopfen öffnet Fr. Mohammed, die Einlass gewährt.
Es scheint Niemand sonst da zu sein. .

Zum Glück, denke ich mir, keine Storys über den angeblich guten Kontakt mit mir.
Welchen Hass treibt diese Leute an?
Nach 10 Minuten verlassen die Beamten das Haus.
ich bin wieder allein mit meinem Schicksal.
Ich spreche auf dem Anrufbeantworter des Kontaktpolizisten und sehe ein Unwetter auf uns zukommen.
Was passiert, wenn die Männer zurückkommen?
Ich verlasse das Haus und fahre mit Rosa zum Fischereihafen.
Mein Kopf ist leer und doch so voll.
Ich beginne einen Umzug zu planen, von dem ich nicht weiß, wohin.
Auf der Flucht in Deutschland.
Spät am Abend kommen wir heim.
Tief in der Nacht wieder Bodenerschütterungen.
Mein Kind schreit jedes Mal, ich beruhige sie sofort.
Alles ist bald vorbei.
ALLES.

Bremerhaven, Donnerstag, den 29.08.02.

Heute früh KEIN Wecken um 4.00 Uhr.
Ich kann es kaum fassen, als der Wecker um 6.00 Uhr klingelt.
Wie war das möglich?
Ein kleiner winziger Sonnenstrahl lugt durch den Vorhang des Wohnzimmerfensters.

Ist der liebe Gott zurückgekehrt?

Mein Kind schläft noch. Ich lasse sie und gehe leise ins Bad, ganz leise ziehe ich mich an.
Morgens duschen tue ich schon lange nicht mehr, wir duschen abends am Meer.
Am Wochenende sind wir bei schlechtem Wetter im Hallenbad. Die lockigen Haare meiner
Tochter brauchen Pflege.
Jetzt wecke ich sie, wir lassen alles so wie es ist und fahren los.
Die Wohnung ist nur noch zum Schlafen, das heißt, was davon übrig bleibt.
Außerdem wird es jetzt ungemütlich. Pappkartons stehen herum und Teppiche sind teilweise
schon eingerollt.
Wir sind auf Abruf in eine ungewisse Zukunft.
Als wir heimkommen, startet gegen 14.00 Uhr wieder starkes Türenschlagen.
Das Terrorprogramm geht wieder los.
Wir fahren in die Stadt und besorgen das Nötigste, außerdem bringen wir unsere Wäsche
in die Wäscherei.
Ich kann weder waschen noch trocknen, der Balkon wird regelmäßig verschmutzt.
Die Waschmaschine verursacht Lärm, ich will denen keine Chance geben, die Polizei zu
holen.
Nie wissen sie genau, wann ich komme, wohin ich gehe.
Das ist gut so.
Gegen 21.15 Uhr wird gegen die Balkongeländer gehämmert, eine neue Dimension.
Hämmern auch wieder gegen die Heizungsrohre in allen Zimmern.
Ein ohrenbetäubender Lärm, gut abgesprochen, gut geplant.
Gegen 22.20 Uhr setzt wieder der Waschgang über und unter uns ein.

Schlafentzug bis zum Geht nicht Mehr.
Gute Nacht.

Bremerhaven, Freitag, den 30.08.02

Auch heute früh schlafen wir.
Wir haben den Wecker nicht gehört, er summt und summt.
Als ich es bemerke ist es schon 8.00 Uhr.
Ich entschuldige mich vorab telefonisch bei meiner Arbeitsstelle und spreche auf den Anruf-
beantworter der Schule.
Wir beeilen uns. Ich bringe meine Tochter in die Klasse, der vorwurfsvolle Blick der Lehrerin
sagt alles.
Ich erwarte nicht, dass sie uns versteht.
Wer könnte das auch?

Weiter zur Arbeitsstelle, dort will meine Chefin wissen, was passiert ist.
Ich sage ihr, dass Nichts passiert ist.
Sie versteht das nicht. Ich auch nicht

Wie vereinbart rufe ich bei der Allbau AG an, der zuständige Sachbearbeiter ist nicht da.
Ich verstehe auch das nicht und hinterlasse eine Nachricht.

Gegen 14.00 Uhr empfängt uns ohrenbetäubender Lärm, türkischer Rock gepaart mit
Türenschlagen und Gehämmer.
Wir stellen unsere Taschen ab und gehen zu unserer Zuflucht Meer.
Ich bin zu müde um zu agieren und nachzudenken.

Als wir gegen 19.45 Uhr heimkommen, empfängt uns Heizungsrohreklopfen.
Das geht bis 22.35 Uhr.
Ich bin kurz davor, wieder die Beamten zu holen.
Doch ich zweifele mittlerweile an dem Sinn des Ganzen und will nur noch Eines:

Hinlegen, schlafen und NIE WIEDER aufwachen.

Bremerhaven, Samstag, den 31.ß8.02.

Lieber Gott, ich danke Dir du läßt uns schlafen, kein Wecken um 4.00 Uhr.

Der Terror beginnt erst um 9.30 Uhr, es wird gehämmert, was das Zeug hält.
Gegen 11.00 Uhr beginnt dann Türenknallen.
Wir nutzen die Zeit um weiter zu packen, Rosa ist im Kinderzimmer, räumt Spielzeug
ein. Ich nehme in Windeseile die Vorhänge ab. Von draußen werde ich beobachtet, die lachen
und denken, dass sie mich geschafft haben. Haben sie ja auch.
Als wir das Haus verlassen, stelle ich die Waschmaschine an.
Die Vorhänge werde ich in der Nacht in der Wohnung trocken.
Aber jetzt - erst mal weg hier.
Und so soll es ja auch sein...

Mohammeds scheren sich einen Dreck um richterliche Beschlüsse.
Und noch eine Feststellung mache ich:
Es gibt KEINE Hemmschwelle, ein Jähzorn, der schnell aufkocht und unkontrolliertes Handeln
hervorruft.
Etwas muss sie in ihrer Vergangenheit tief verletzt haben...
Doch ich ändere das Nicht!
Meine Geduld ist ZU ENDE, denn es geht um uns, um UNSER LEBEN.

Das bestätigt sich, als wir gegen 15.45 Uhr zurückkommen:

Wieder setzt lautstarkes Hämmern ein.
Es reicht mit endgültig, so dass ich wieder die Polizei hole.
Diese Menschen sind in ihrem Wahn derart gesteigert, dass sie auch dieses Mal nicht bemer-
ken, als Beamte im Haus ist.
Ich brauche Nichts mehr zu eklären, die gehen direkt ins Erdgeschoss.
Zuerst öffnet Niemand, dann nach hartnäckigem Klingeln steht Fr. Mohammed in der Tür.
Wieder ist für 10 Minuten Stille, die Männer scheinen auch dieses Mal nicht im Haus zu sein.

Diese Ruhe macht mir Angst, ich spüre instinktiv,dass die Folgen dieses Einsatzes
alles bisher Gewesene in den Schatten stellen wird...

Die Beamten gehen.

Es dauert nicht lange, als die Mohammed- Männer-Garde eintrifft, zwei Minuten später bearbeiten Juniorfäuste meine Wohnungstür.
Ich reagiere nicht, bis schließlich harte Fußtritte folgen, während er schreit:
"Mach auf, Du Idiot, fick Dich, ich bring Dich um! Sobald Du raus kommst, ich mach Dich fertig. Ich bring Dich um!"
Meine Tochter fängt an zu weinen. Wir bekommen Schüttelfrost.
Ich hole die Polizei erneut.
Mohammeds hören das, die ganze Sippschaft fährt mit dem Auto weg.
Ich rufe meine erwachsene Tochter in Bremen an und bitte sie, sofort zu kommen.
Sie ist mein einziger Zeugenschutz.
Sie will eine Woche bei mir bleiben, das heißt von Bremerhaven zur Arbeit nach Bremen und zurück.
Täglich zwei Stunden Fahrtzeit und das bei Nachtdienst!
Mein schlechtes Gewissen und tiefe Schuldgefühle, weil ich ihnen Unmögliches zumute, quälen mich sehr.
Die Beamten treffen bei mir nicht ein, ob sie Mohammeds unterwegs abgefangen haben?
Ich weiß es nicht.
Es ist das erste Mal, dass ich an Selbstmord denke. Ich fange an, mich zu hassen.
Selbstachtung und Respekt sind fremde Worte, so weit weg.
Empfingen, Wärme, das was menschliches Leben ausmacht ist mir abhanden gekommen.
Ich möchte mein LEBEN festhalten, doch ich weiß nicht wie.
Der Zugang ist mir verwehrt.
Ich finde ihn nicht mehr.
Mir ist, als tanze ich auf einem Drahtseil, der kleinste Fehler wird mich das Leben kosten und mich ins Niemandsland befördern.

Meine kleine Tochter reist mich aus meiner Ohnmacht heraus.
Sie spürt, dass ich mich zu weit entferne und will auffangen, was nicht mehr zu retten ist.

Die Polizei ruft an.
Der nette Beamte versucht mich zu beruhigen.
Bei Mohammeds sei Niemand zu erreichen.
Ich erkläre, dass sie weggefahren seien
Wir vereinbaren, dass ich mich wieder melde, sobald neue Probleme auftauchen...
Gegen 18.00 Uhr kommen die Peiniger zurück.
Heftige Diskussionen und Streitereien folgen.
Von Ötzka folgen heftige Stöße gegen Wände, Yildrims Solidarität folgt mit dumpfen Stößen gegen die Decke im Wohnzimmer.
Ich bin so fertig, meine Kleine rennt nur noch hinter mir her.
Sie spürt, dass ich mich an meiner Belastungsgrenze befinde.
Ich bin im NIEMANDSLAND.
Was wir nicht fassen können:
Es bleibt ruhig.
Wir verlassen das Haus nicht, es ist sicherer zu bleiben, wo wir sind und nutzen die Zeit zum Einpacken.
Sonntag abend kommt meine Tochter, ich bin etwas beruhigt.
Gegen 22.30 Uhr setzt wieder starkes Gehämmer ein.
Wenn jetzt ein Engel käme, ich würde mit ihm davonfliegen.
Morgen steht ein schwerer Gang bevor, ich werde die Ordnungsstrafe beantragen.
Wenn ich jetzt nicht weiterkämpfe, dann sterbe ich.

Bremerhaven, Montag, den 02.09.02

Dem Himmel sei Dank, habe Rosa unbeschadet zur Schule gebracht.
Mine große Tochter stand im Flur, während ich die Räder aus dem Keller holte.
Später stand eine Polizeitstrafe vor der Schule.
Als man uns erblickt, fährt diese auch schon wieder weg.
Jetzt radele ich den kilometerlangen Weg zum Amtsgericht.
Ich habe gerade erst Geld bekommen und bin fast wieder pleite.
Meiner erwachsenen Tochter habe ich die Wochenkarte bezahlt und die Spesen
ersetzt. Das ist das Mindeste, die Hauptlast trägt sie.
Sie fühlt sich verantwortlich, und ich spüre das sie leidet weil wir leiden.

Bei Gericht lege ich meine Protokolle vor und ohne Zögern setzt die nette Rechtspflegerin
eine eidesstattliche Erklärung auf, die ich unterzeichne.
Mohammeds werden zu einer Ordnungsstrafe von 10.000 Euro oder drei Monaten Haft
verurteilt.
Ich frage sie, wann das zugestellt wird. Sie sagt, in den nächsten zwei bis drei Tagen.
Also muß ich vorbereitet sein, das heißt, ich MUSS die Wohung verlassen haben...
Ich jage zur Arbeit, bin völlig durcheinander, schlechtes Gewissen plagt mich. Habe schon
viel Zeit verloren, doch ich bringe noch drei Aquisetermine zustande. Meine Chefin ist
zufrieden.
Dann hole ich im Eiltempo mein Kind und erreiche nassgeschwitzt meine Wohnung.
Meine Große war schon in Sorge, wir sind zu spät.
Es ist 15.00 Uhr als wir mit Einkaufstaschen ankommen.
Ich unterrichte den Kontaktpolizisten und erhalte einen Anruf von der Allbau AG.
Hr. Riedel ist sehr ruhig und gelassen. Er schlägt mir ab sofort eine neue Wohnung vor.

Noch am selben Tag besichtige ich sie, sie liegt in der Stadtmitte, ist viel zu teuer, aber
terrorsicher.
Im Erdgeschoss die Polizeidienststelle, videoüberwacht, reiner Promibau.
Ich überlege nicht lange, wir werden uns sehr einschränken müssen.
Eine Traumwohnung mit Blick auf das Meer.
Ich stehe dort und kann mich nicht freuen.
ENTMILITARISIERTE ZONE.
Ohne zu zögern sage ich zu, habe ich eine Wahl?
Ich folge dem Hauswart in die Verwaltung und erhalte einen Gutschein für das Bauhaus,
werde komplett renovieren müssen.
Das wäre auch zu schön gewesen!
Dafür ist der Umzug kostenlos, muß aber Jemdanden finden, der den gewährten Satz nicht
überschreitet.
Ich hetze nach Hause.
Erleichterung aber auch Ängste machen sich breit.
Wie soll ich das körperlich schaffen?
Unsere Zeit ist knapp.
Ich koche für uns, während meine Tochter im Branchenverzeichnis nach einen Umzugsunter-
nehmen sucht. Meister Krause macht mir einen telefonischen Kostenvoranschlag, ich akzep-
tiere sofort und vereinbare einen Termin für den 14.09.02.
Ich glaube,das war der schnellste Auftrag seines Lebens! Er will die Formulare zusenden, ich
solle ihm Eines unterschrieben zurücksenden.
.

Trotzdem kommt er am Abend vorbei, fragt nicht lange und nickt zustimmend.
Er wolle mir noch ein paar Kartons bringen, sagt er und geht.
Ich fange an, Wäsche zusammenzusammeln und wasche einen Kurzwaschgang.
Nach einer halben Stunde hängt alles im sonnenbeladenen Wohnzimmer.
Es ist so heiß, dass die Feutigkeit gut tut.

Meine Tochter ist bereits zur Arbeit nach Bremen und meine Kleine schläft, als ich spät in der Nacht den Einkaufszettel für das Bauhaus schreibe.
Ich nehme den Lärm unter und neben mir kaum wahr, als ich noch nach der Luftmatratze suche. Es gibt eine Einbauküche, also werden wir dort schlafen und kochen können.
Aber vorerst muß ein Raum gestrichen werden.
Leider ist NICHTS renoviert.
Lieber Gott, beschütze uns, manchmal denkst du an mich.
Meine Kräfte schwinden, denk nun auch weiter an mich.
Bitte mach, dass wir hier heile wegkommen. Ich möchte dann NIE WIEDER hierher.
Danke für so großartige Kinder!

Bremerhaven, Dienstag, den 03.09.02

Nach Schule und Arbeit fahren wir direkt zur Wohnung.
Am Morgen habe ich Putzzeug mitgenommen, möchte schon mal das Gröbste reinigen.
Wir sind völlig erschöpft, als wir am Abend heimkommen.
Meine Tochter hat Essen vorbereitet.
Als meine Große das Haus verläßt, ist es 19.00 Uhr.
Ab 20.00 Uhr wird wieder in aller Regelmäßigkeit unter die Fußböden geklopft.
Bis 21.15 Uhr erneutes starkes Türenschlagen.

Wir machen uns wieder an unsere Umzugskartons und stellen eine Notausrüstung für die Nächte in der neuen Wohnung zusammen.
Immerhin haben wir kein Auto, alles muß mit dem Rad transportiert werden.
Dazu unbemerkt, meine Tochter sagt, ich müsse aufpassen, dass ich keine Paranoyer entwickle.
Recht hat sie.

Bremerhaven, Mittwoch, den 04.09.02

Ich weiß nicht, ob ich lachen oder weinen soll.
Bin entwurzelt wie ein Grenzgänger.
Wie lange bin ich schon auf der Flucht?
Es erscheint mir SEHR lange, wir haben uns verändert.
Die Unbeschwertheit, das Lachen, das Vertrauen ist weg, einfach weg.
Meine Ärztin bietet Gespräche an, jedesmal wenn ich komme und meine B 12 abhole, fragt sie. Sie hat mit der Wohnungsgenossenschaft gesprochen, die hätten sofort eine Wohnung für mich.
Ich sage ihr, dass ich seit 2 Tagen Wohnraum habe und bin so gerührt über die Anteilnahme, dass ich ihr noch am selben Tag Blumen bringen lasse.
Das gibt Auftrieb, das hilft dem Leben.
Es scheint Menschen zu geben, die sich Gedanken machen.
Lieber Gott, DANKE!

Nach doppeltem Arbeitseinsatz durch Job, Renovierung und Kindversorgen nun wieder Türenschlagen, lautstarke Diskussionen währen Yildrim über uns stampft und auf dem Fußboden schlägt wie verrückt.

Meine große Tochter war zum Bauhaus gefahren, hatte dort eingekauft und mit dem Taxi alles in die neue Wohnung transportiert.
Außerdem den Flur gestrichen. Das hat mir sehr geholfen.
Als ich mit Kind und Kuchen dort eintraf, war ich sehr gerührt.
Meine Große, die am Abend wieder zur Nachtschicht muß!
Also rolle ich noch über das Kinderzimmer, bessere Stellen in der Küche aus und öffne die Fenster weit.
Als wir die ruhige Wohnung verlassen, ist fast alles abgetrocknet.

Zu Hause legt sich Isabel für eine Stunde hin, länger geht nicht, als schon wieder der Lärm losgeht. Sie tut mir so leid, dass ich ihr vorschlage, direkt in Bremen zu bleiben.
Das Gröbste sei geschafft und ich würde ab dem Wochenende dort bleiben.
Sie sieht mich erleichtert aber auch gleichzeitig besorgt an.
Ich kenne diesen Blick.
Er schnürrt mein Herz zusammen.
Zuversichtlich nicke ich ihr zu, während sie ihre Sachen packt.
Sie nimmt einen Zug früher, so kann sie noch vorher in ihrer Wohnung vorbei.

Nie war mir so bewußt, wie wichtig der Frieden ist.

Irgendwann schlafen wir ein.

Bremerhaven, Donnerstag, den 05.09.02

Wieder doppelter Arbeitseinsatz.
Nach der Arbeit Rosa abholen, dann wieder zurück in die Stadt, unserer neuen Wohnung.
Wir legen uns auf die Luftmatratze, und ruhen uns aus. Wir essen aus Dosen, und holen uns Kuchen aus der Einkaufspassage.
Spät am Abend kommen wir heim.
Als ich vor dem Schlafengehen den Wasserhahn benutze, schreit Jemand von unten:

"Ruhe da oben, Du Idiot, Schluss jetzt!"
Meine Tochter hat diesen angsterfüllten Blick und reißt die Augen auf. Ich verspreche ihr, ab morgen in der neuen Wohnung zu schlafen. Das hilft ein wenig, mir auch.
Türenschlagen von Mohammeds bis 22.40 Uhr.

Bremerhaven, Freitag, den 06.09.02

Nach der Schule gehen wir nochmals in die alte Wohnung, holen nur das Nötigste
zum Überleben,beeilen uns wie verrückt und verlassen gegen 13.30 Uhr das Haus, als das
Türenschlagen bei Mohammeds so richtig anfängt.
Der älteste Sohn Mohammeds steigt in sein Auto und folgt uns langsam.
Wir sind auf den Rädern und haben reichlich Gepäck dabei.
An der Kreuzung schlage ich eine alte Deichstraße ein ,ein riesen Umweg, aber da kann
er uns nicht mehr folgen.
Ich will am Deich bleiben bis wir die neue Wohnung erreichen.
Es ist zwar ruhiges, abgelegenes Gelände aber für Autofahrer unmöglich.
Dieser Weg ist nur für Fußgänger und Fahradfahrer geeignet.
Ein Sandweg vorbei am Yachthafen, viele Spaziergänger kreuzen unseren Weg und daher
für einen eventuellen Überfall viel zu zeugenbelastet.
Der Sommer hat es in jeder Hinsicht gut mit uns gemeint.
Nicht auszudenken, wenn es geregnet hätte!
Wir schafffen es tatsächlich, unbemerkt durch die Tiefgarage in unsere Wohnung zu gelangen.
Der Vorteil: Im Erdgeschoss ist die Polizeiwache, außerdem in der Tiefgarage die Streifen-
wagen und nicht zuletzt - Ein- und Ausgänge sind videoüberwacht.
Mit Herzklopfen treten wir ein, blasen nochmals die Luftmatratze mit dem Blasebalg auf,
stellen Töpfe und Geschirr in die Küche und schlafen erschöpft auf Wolldecken ein.
Meine Kleine ist mager geworden.
Flüchtlinge in Deutschland.

Armes Deutschland.

Doch WER wird uns das schon glauben?
Und wenn es schon keine Antworten auf die Fragen gibt,
dann doch wenigstens die Fragen nach den Antworten!

Als wir aufwachen, essen wir Spaghetti und ich koche Kaffee.
Unsere Ernährung ist seit Wochen bis auf das Nötigste reduziert, geschmeckt hat
eigentlich NICHTS.
Ich hoffe nur, dass uns NIEMAND hier findet, die Polizei schlägt Medesperre vor,
und genau das werde ich auch tun.

Jetzt müssen wir zur Ruhe kommen , mein Verstand, der Überlebensmotor agiert aus
dem Untergrund ohne das ich es merke.
Mein Instinkt funktioniert noch immer, und ich frage mich, was hält der Mensch aus?
Ich habe mich per Gesetz gewehrt, aber letztendlich Nichts verändert.
Mohammed wird sich rühren müssen, es droht ihm Strafe, was Lieber Gott, wird es
jetzt tun?
Meine Nerven, mein Körper ist angespannt und ich muß wirklich aufpassen, dass ich
keine Paranoyer entwickle.
Unsere Augen sind ÜBERALL.
Meiner Tochter geht es nicht gut, ich mache mir Sorgen.
Heute tue ich nichts mehr.
Gar nichts mehr.

Bremerhaven, Samstag, den 07.09.02

Rosa ist krank. Sie hat Durchfall und Erbrechen.
Am Essen kann es nicht liegen, dann hätte ich dasselbe Leiden. Also koche ich Tee, renne
in die nächste Post zum Telefon und sage ihre Geburtstagseinladung ab.
Dann im Marathon durch den Lebensmittelladen und besorge Zwieback, Reis, Bananen und
was sonst noch fehlt.
Als ich die Tür aufschließe, steht mein Kind leichenblass im Flur und sagt:" Wo warst Du
so lange?"
Sie hatte Panik bekommen und war in der Wohnung hin und hergelaufen.
Die Balkontür steht weit auf, ich sage ihr, dass sie das besser in der 10. Etage lasse.

Als ich ihr erkläre, dass es nur 20 Minuten waren, glaubt sie mir nicht. Sie kann sich auch
nicht über Schnuffi freuen, den ich im Laden im Vorbeigehen mitgenommen hatte.
Sie schläft wieder ein.
Ich nutze die Zeit und streiche im Wohnzimmer, bessere Stellen im Schlafzimmer aus.
Als nach 2 Stunden mein Kind immer noch schläft, streiche ich noch den Abstellraum.
Ich bin völlig erschöpft und lasse Wasser ins Bad laufen.
Niemand schreit, klopft gegen Wände oder Heizungsrohre.
Und trotzdem ist keine Freude da, nur Erschöpfung.
Ich fühle mich wie vertrieben, und wie eine Fremde auf einem fremden Planeten.

Die Freude über Schnuffi kommt erst, als meine Kleine nach 5 Stunden Schlaf aufwacht.
Ich konnte es kaum glauben, immer wieder ging ich hin und schaute nach ihrr.
Jetzt ist sie ausgeschlafen und hat HUNGER!
Ich koche Kartoffeln, die essen wir mit Butter.
Ich brate uns später Hähnchenschnitzel dazu."Wieder wie Weihnachten!" findet meine Kleine.

Spät abends sitzen wir auf Farbeimern auf dem großen Balkon.
Das Meer, der Heiler dieses Planeten, heißt uns willkommen und schließt uns in die Arme,
friedlich schlafen wir ein.

Bremerhaven, Sonntag, den 08.09.02.

Ich muß leider zurück in die Wohnung und für den Umzug packen, außerdem hatte meine
Kleine so viel Wäsche verursacht, dass wir die Waschmaschine brauchten.
Hinzu kommt, dass die Wohnung wesentlich größer ist und leer wirkt.
Wir fühlen uns wie Fremde,
Mein Kind wollte in IHR Bett, obwohl sie weiß, dass sie doch wieder nur bei mir schläft.
Also fahren wir schweren Herzens.
Es scheint Niemand da zu sein.
Doch in der Nacht geht ein riesen Getöse los, über uns wird in der Wanne gewaschen,
der Duschkopf mit einem Knall in die Wanne geworfen und gegen die Decken gestampft.

Es schellt an meiner Tür. Polizei steht dort.
Mohammed hätte gesagt, ICH SEI LAUT,
Ich muss mich wahnsinnig beherrschen, erkläre ihnen die Situation, die sie anscheinend
schon kennen und betone, dass ich lediglich mit Luftmatratze nicht auskommen kann und
neben der Miete die ich auch zahle, durchaus ein Wohnrecht hätte.
Mohammeds seien auf Punkte sammeln aus, Yildrims seien mal wieder am waschen...

Sie nicken, die Beamten wissen Bescheid. Unsere Leidensgeschichte hat schon Kunde gemacht.
Sie gehen nach Yildrim über mir, schellen an, Niemand öffnet.
Das alte Spielchen.
Dann verläßt einer von ihnen das Haus und bleibt mit der Streife auf dem Parkplatz.
Ich höre im Flur das Jackengeknister des Polizeibeamten.
Es ist gut, dass Jemand da ist.
Hurra - es bleibt ruhig!

Bremerhaven, Montag, den 09.09.02.

Habe meine Tochter nach der Schule im Jugendzentrum abgegeben. Die Spannungen sind nicht mehr auszuhalten. Ich packe wie verrückt meine Restsachen zusammen.
Über mir geht wieder der Terror los, nassgeschwitzt arbeite ich gegen die Zeit.
Die wissen, dass ich da bin und werden bestimmt wieder die Polizei holen!
Lautes Geschreie, ich habe Angst, was ist, wenn ALLE gegen mich aussagen?

Ich packe in einem rasanten Tempo meinen Haushalt ein.
Habe jetzt fast 8 Kg. abgenommen.Es ist schlimm, der Willkühr anderer Menschen ausgesetzt zu sein.

Bremerhaven, Donnerstag, den 12.09.02.

Ich muß nochmals zurück in die alte Wohnung. Heute werden noch 10 Kartons gebracht.
Bücher, Plüschtiere und Spielsachen sind noch zu verpacken.
Alles zack,zack.
Es klingelt an der Tür, ich drücke den Öffner und sehe eine Polizeiuniform hochkommen.
Mein Gott, denke ich, was ist nur jetzt schon wieder?

Wie erleichtert bin ich, als der Kontaktpolizist dort steht.
Er schaut mich gütig lächelnd an.
Ich fasse mir an den Magen, Stiche bis ins Herz vor Erleichterung.
"Oh", sage ich."Ich dachte schon, die hätten jetzt wieder die Polizei geholt!"

"Nein", sagt er."Ich habe schon seit Tagen versucht, Sie zu erreichen, war auch schon einige Male hier!"
Ich erkläre ihm, dass wir mit der Luftmatratze in der neuen Wohnung schlafen, Rosa im Jugendzentrum sei und ich die Reste schnell verpacke.
Er fragt mich, ob die Beamten das alles wüßten.
Ich bin erstaunt und sage ihm, dass die Beamten des letzten Einsatzes Bescheid wüßten.

Er ist sehr freundlich, wir reden das Eine und das Andere und dann geht er.
Ich verabschiede mich dankend von ihm.

Lieber Gott, ich danke Dir, dass Du wieder da bist. AMEN.

Am Abend hole ich Rosa ab und wir fahren in unser neues ZUHAUSE.

Bremerhaven, Samstag, den 14.09.02

Wir ziehen endgültig um. Ich deponiere mein Kind in der neuen Wohnung, gebe ihr strikte Anweisungen und ziehe das letzte Mal in den Leidensweg.

Die Umzugsleute sind pünktlich, machen Witze über Deutschland und die Kanakken und fragen mich, wie ich hierher gekommen sei?!

Sie lachen sich tot und nehmen das Leben leicht.

LETZTLICH IST ALLES ILLUSION

aber

MAN BRAUCHT EINEN SANDSACK

gegen

DIE ÜBERSCHWEMMUNG.

Ein gerichtlicher, nervenzeerender Schriftverkehr beginnt,
das Tüpfelchen auf dem i
und wo bleibt mein Kind und ich?

Ein Kurantrag für Mutter und Kind wird abgewiesen.

Später schreibt mein Kind an das Gericht...

ALLEIN IN DEUTSCHLAND.